GAMBÉ

FRED DI GIACOMO ROCHA

Gambé

COMPANHIA DAS LETRAS

Copyright © 2023 by Frederico Di Giacomo Rocha

Grafia atualizada segundo o Acordo Ortográfico da Língua Portuguesa de 1990, que entrou em vigor no Brasil em 2009.

Capa
Alceu Chiesorin Nunes

Imagem de capa
Ausência, de Robinho Santana, 2019.
Acrílica sobre tela, 15 × 20 cm.

Preparação
Márcia Copola

Revisão
Huendel Viana
Aminah Haman

Os personagens e as situações desta obra são reais apenas no universo da ficção; não se referem a pessoas e fatos concretos, e não emitem opinião sobre eles.

Dados Internacionais de Catalogação na Publicação (CIP)
(Câmara Brasileira do Livro, SP, Brasil)

Rocha, Fred Di Giacomo
    Gambé / Fred Di Giacomo Rocha. — 1ª ed. — São Paulo : Companhia das Letras, 2023.

    ISBN 978-65-5921-588-1

    1. Romance brasileiro I. Título.

23-155069   CDD-B869.3

Índice para catálogo sistemático:
1. Romances : Literatura brasileira   B869.3

Tábata Alves da Silva – Bibliotecária – CRB 8/9253

Todos os direitos desta edição reservados à
EDITORA SCHWARCZ S.A.
Rua Bandeira Paulista, 702, cj. 32
04532-002 — São Paulo — SP
Telefone: (11) 3707-3500
www.companhiadasletras.com.br
www.blogdacompanhia.com.br
facebook.com/companhiadasletras
instagram.com/companhiadasletras
twitter.com/cialetras

Para Karin, bálsamo de um náufrago

Livros mentem, disse.
Deus não mente.
Não, disse o juiz. Não mente. E eis aqui suas palavras.
Segurou um pedaço de rocha.
Ele fala nas pedras e nas árvores, os ossos das coisas.
    Meridiano de sangue, Cormac McCarthy

Sumário

CADERNO PAR [1889-1895]
1. Soma de zeros, 13
2. Alguma infância, 21

CADERNO ÍMPAR [1912-1913]
3. Um índio, 33
4. Mais um novato, 43
5. Cacete infinito, 57
6. Trinta ciganos, 69
7. Adição, 81
8. Quatro moídos, 89
9. Vinte e duas freiras + um santo, 101
10. Fibonacci, 115
11. 1º Coríntios 13,1-5, 123
12. Trindade, 133
13. Oitenta e cinco, 143

14. Nenhuma chance, 159
15. Meio vazio, 175

CADERNO SEM PARIDADE [1945]
16. ∞, 185

Salve, 191
Nota do autor, 193

CADERNO PAR
[1889-1895]

1. Soma de zeros

Negro nada. O marido com o cano do Smith & Wesson prateado na testa. Negro nada. Os homens que lhe fizeram mal rindo alto, sendo o mais alto e mais alvo dentre eles o que apontava a arma para a cabeça de Prudencio. Negro nada. Tocava o ventre, pendurada pela corda atada à sua cintura, sangue correndo de múltiplos orifícios. Negro nada. Pálpebras entreabrem-se e Mariana pergunta-se, dolorida, o que faz amarrada na viga da casa que construíra, com tanto sacrifício, ao longo de uma vida. Negro nada. Recordações e retalhos daquele dia moído.

Prudencio, roceiro de crespa e longa barba negra, havia passado quatro dias fora em um mutirão no sítio de Alfredo Rabo Grosso, morador da vila de Santa Cruz do Desamparo, próxima ali da região de Rio Preto. Haviam queimado mata para plantar roçado novo, pois terra velha é bananeira que já deu cacho. Matuto mineiro, Prudencio estava naquelas plagas havia bons anos, casado com Mariana, companheira que não tinha pudor de trabalhar. A tal roçava melhor que o esposo, cozinhava, costurava e ainda ia ao rio alvejar pano. Só filho que não dava, apesar de que andava enjoada nas últimas semanas. Por isso, Prudencio planejara só um dia de trabalho no sítio de Rabo Grosso, mas o vizinho corpulento oferecera moquém de tatu, beiju e uma cachacinha mineira para brindar o dia. Tamanho trabalho merecia comemoração e Rabo Grosso era homem brabo, difícil contrariar. Prudencio pousou no sítio do capanga naquela noite. Então, fez matula e rumou de volta para casa quando sol deixou de preguiça. Mariana não gostava quando o companheiro se fazia tanto ausente, Desamparo ficava a um dia de cavalgada dali. Antes de ir, Prudencio ouviu o matador prometer: "Se Mariana pari fio hómi, compádi, quero pra afilhado meu".

O trecho era de cerrado aberto, com alguns angicos e imbiruçus quebrando a monotonia de capins e pastos secos. Quando avistou a pitangueira cheia, Prudencio parou e serviu-se das frutinhas alaranjadas até que a fome estivesse saciada. Quanto mais próximas do tom vermelho, mais doces as pitangas. Mastigava os bocados agridoces e depois cuspia uma saraivada de caroços, emprenhando o solo de mudas novas. Saciado, esporeou o cavalo e seguiu.

Alisando a barbaria, Prudencio ia pensando na Festa do Divino, que presenciara às margens do rio Piracicaba, logo que migrara para São Paulo. O encontro das bandeiras lembrava-lhe a festa da congada, lá na sua terra. Seria bonito levar Mariana para ver o festejo e as rezas em julho.

Cuscuz de milho como aquele não havia e ainda dava para ouvir os cururus cantados por Bico Doce. A memória da bênção dos barcos, no rio paulista, o lembrara de um ponto cantado pelo terno da sua vila:

A Senhora do Rosário, aruera,
foi achada no deserto, aruera,
maçambique que encontrou, aruera,
o Marinheiro estava perto.

Folguedo bonito era a festa de São Benedito, o resto era dente podre em boca de banguela — rendia pro gasto. O sol já deitava-se no ocidente, quando Prudencio desceu da montaria, apoiando o pé direito no estribo, e estranhou a porteira aberta. Ajoelhou-se, encostou o ouvido direito no solo e depurou uns quatro cavalos pesados trotando não muito longe dali. Tirou, então, a carabina da bainha da sela e empunhou-a na direita. Mau agouro. Montou novamente, cruzou a roça de feijão, mandioca e abóbora e avistou Leão e Lobo vindo em rumo seu. Suspeitou os cachorros recebendo-o atiçados, latindo e circulando o cavalo crioulo. A morada silenciosa. Reparou a casinha pintada de rosa sem lamparina ou fogo aceso. Pensou no pior e engatilhou a Spencer. Que bandido faria mal à Mariana? E bem naquelas semanas em que uma esperançazinha minúscula despontava dentro del... Prudencio abriu a porta e encontrou o pior. Os olhos de Mariana, pendurada lá em cima, fechando-abrindo; negro nada.

Na cabeça da mulher, rememorações daqueles soldados tentando usá-la: Mariana resistindo, Mariana mordendo, Mariana unhando, Mariana coiceando. De onde tirara tamanha força-onça? O Galinha enfurecido, Serelepe excitado, os outros dois, culpados, perguntando-se como haviam chegado àquele sertão. Nomes de monstros, de bandidos... Gambá? Corno de Fogo?

Fantasmas em memória de Mariana reviviam as brigas bestas com Prudencio. Tretas passadas. Se soubesse que iriam acabar assim: ela pendurada e ele com uma arma na testa, teriam levado a ferro quente tanta picuinha? Por que haviam se separado por um ano? Era o tempo de ter posto um menino no mundo. Prudencio implicando com as manias dela demais da conta. Mariana achava que ele nunca ia sair daquela choça, nunca ia progredir, nunca iria usar sapatos. Como os doutores que reinavam no Rio de Janeiro. O Rio, sim, capital e civilização. Oeste era aspereza demais, fornalha de sonhos. Só sobrevivia quem abstinha-se de muito querer, contentar-se com os presentes da terra e basta. Pra que mais?

Agora, Mariana e Prudencio, casadinhos de novo, trabalhando à vera. Os cachorros Leão e Lobo fiéis protetores. Os enjoos e os seios doloridos haviam de ser prenúncio de boa coisa, só as amizades do Prudencio que cansavam. Por exemplo, em casa, cachaça já não havia. Nem de Pirassununga nem das Gerais — eram as exigências dela. Café? Sim, e fumo quanto quisesse. Bons remédios para o trabalho e a cabeça, para concentrar nas novenas e nos jejuns também. Mas e os compadrios? Alfredo Rabo Grosso tinha andado pelos sertões com malfadado Dioguinho, não era? Comparsa do Mané Teixeira e do Tibúrcio... Desgraça vivida, desgraça vingada. Pagavam pelos crimes do compadre? Justiça na Terra não havia, isso sabia, mas injustiça tanta era demais. Abrindo e fechando os olhos, ouvia as conversas dos policiais raivosos. Mariana, antes dos homens fardados chegarem, fervia água com lascas de rapadura no bule de metal esmaltado. Contava as colheres do pó, recém-pilado, um tanto enjoada com o cheiro. Deixou o pó marrom aguardando ser aquecido pelo líquido doce no coador de pano. Prudencio estava para voltar, viria com fome. Estavam juntos mais uma vez, sem novas brigas, e seu sogro lhes presenteara com aquele sítio de vinte e um alqueires no Noroeste Paulista. Passou a mão esperançosa na barriga, iria esperar o companheiro com biscoito fofo e café quente, além do queijinho que deixara curando. Mariana sabia da vida.

Ao perceber os latidos raivosos dos filas, se assustou. Seria Prudencio? Mas Leão e Lobo não latiam para o dono. Estranhou. Passos de mais de um aproximavam-se da porta, botas com esporas no chão de terra batida. Quando Galinha pediu licença para chegar, forçando a porta de madeira, Mariana arrepiou-se: eram quatro homens armados devorando suas sardas com as íris famintas. As mãos tensas e rosadas de Mariana acariciando o ventre inchado, o hálito de cachaça do Galinha.

"Sei de nenhum Mané Teixeira aqui não, seu polícia. Único homem que pousa nessa casa é Prudencio."

"Ladrão de gado esse Prudencio, moça?"

"Creio em Deus Pai, seu polícia, homem trabalhador."

"Branco ou crioulo?"

"Da cor daquele ali", Mariana respondeu apontando a pele preta do pequeno Serelepe.

Quando Galinha ia saindo, Serelepe deu a ideia: "Já provou mulher com sarda, chefe? Mulher nova e bonita sozinha na roça... Qual o mal de desfrutar?". Voltaram.

A luta foi duríssima e Mariana não se rendeu, apanhou de todos até desmaiar. Primeiro, Serelepe tinha entrado sozinho, mas não deu conta de abrir caminho entre as pernas da esposa de Prudencio. Irritado, Galinha chutou a porta, relha na mão, e passou a açoitar a mulher, que rolava no chão, sangrando, o vestido de chita retalhado por golpes bruscos. Gambé e Boca de Fogo assistiam a tudo com as mãos tensas nas empunhaduras com talas de borracha dos seus revólveres virgens ainda nos coldres. Gambé hesitou, mas também a surrou. Como resistia muito, Galinha decidiu arrasar a mulher. Primeiro, amarrou-lhe a cintura ubérrima. Depois, Mariana foi pendurada, a honra intacta, por uma corda de couro trançada na viga de madeira, alicerce de sua casa. "Si não quis deitar ca tropa, vai deitá co Sete Pele." E seguiram os milicianos atrás do tal Mané Teixeira. Quando Prudencio finalmente retornou para seu lar, recebido pelos filas Leão e Lobo, iniciou desesperada gritaria, as mãos esmagando o metal da carabina.

"Quem fez isto há de pagá com a vida!", praguejou o esposo, desespero encarnado, com a carabina Spencer 7 tiros na mão direita, ao encontrar a companheira esculachada e pendurada por uma corda de couro na viga maciça de sua casa. "Bandido do inferno, mardito!"

A cem metros dali, Galinha e sua tropa ouviram os gritos. Resolveram voltar para averiguar quem tanto praguejava. Gambé, sempre tão cheio de modos, não queria admitir, mas havia desejado a mulher de Prudencio, mesmo a contragosto. Algo estava mudando dentro do jovem que amava a matemática; passarinho que dorme com morcego, desperta de cabeça para baixo.

Tiros calaram Lobo e fizeram Leão refugiar-se no mato. Ganidos! Ao ver-se margeado pelos policiais, Prudencio desesperou-se. Enfurecido, rolou no chão e disparou três vezes, sem tempo de fazer pontaria. Galinha chutou-lhe a Spencer das mãos e apontou o Smith & Wesson na testa de Prudencio. Quando Mariana retomou os sentidos, Prudencio estava a segundos de tornar-se cadáver desalmado, o revólver de Galinha encostado em sua cabeça, lágrimas salgando a longa barba. Tiro na testa à queima-roupa. Enterro teria que ser, mesmo, com caixão fechado. Mariana abria e fechava os olhos. Os que a encontraram tempos depois, mãos na barriga crescente, nunca mais a ouviram falar ou chorar. Seca por dentro, fechou os olhos mais uma vez querendo nunca abri-los. Negro nada.

2. Alguma infância

Quando Gambé já fosse homem partido ao meio assistindo ao dilaceramento de Claudete e Carlão Vaca Louca, em Desamparo, e perguntando-se por que diabos tornara-se policial da Força Pública, recordaria daquele fim de manhã seco e quente, solo se fazendo fornalha às ranhuras dos pés descalços, quando os capangas do Coronel Salles tomaram as terras de seu pai e incendiaram sua morada.

Sempre que talagava pinga, a memória vinha fervendo: "Foi dessa maneira que nossa família deixou de ser posseira e pobre para tornar-se apenas pobre". Gambé chupou a palha do cigarro, sentiu a fumaça temperar as gengivas e libertou-a lentamente. "A vida me pariu naquela brasa, Boca, nas cinzas de minha casa."

Maritacas verdes ainda enchiam o céu de som, acompanhadas pelos bem-te-vis e alguns pardais marrom-acinzentados. Naquela mercearia, na vila de Desamparo, onde tomavam aguardente e almoçavam pastel de angu frito na banha límpida de porco, Boca de Fogo ouvia Gambé calado. Na rua de terra, um carroceiro passava vendendo miúdos de vaca. Após macerar Prudencio e Mariana, Galinha decidira arranchar-se, por algumas noites, na cidade que florescia no poente.

    Gambé sentava-se, fardado, com sua consciência e o silêncio de Boca de Fogo. A mudez do amigo permitia que a mente de Gambé visitasse os pântanos de sua memória, tentando esquecer do desejo por Mariana pendurada na viga. Desde pequeno, odiava ladrão. Seus pais tiveram a vida desgraçada por bandoleiros em Mato Grosso. A imagem não saía de sua cabeça: ele, menino ainda, diante da única casa da família desabando, barro e bambu entrelaçado, tornando-os nômades. Os bandidos do Wa'uburé Vermelho estavam a serviço do Coronel Salles, inventavam dívidas, dobravam juros, precisavam de carvão para a fornalha do progresso. Dali em diante, casa nunca mais teria; só a sensação de desterro infinito.

    O avô, nascido em Barreiras, tinha sobrenome Correia, mas mudou para Correto, queria deixar claro de que lado da vida estava. Correto brotou o Pai, também. Quando Gambé furtou goiabas no pomar da véia torta, o Pai lhe encheu de cacete. Pegou na vara de marmelo e sangrou suas pernas. "Prefiro ter filho defunto do que filho bandido." Mas como ser honesto em terras onde só manda o artigo .44? Idealismo não é escudo. Ali, no oeste, calibre era juiz e júri. Rajadas de piripipi eram rotina; tretas de coronéis sempre.

Lembrava da cara de ódio do Pai quando os vagabundos do Wa'uburé Vermelho botaram a 44 na cabeça da Mãe e disseram que iam violar ela e a Mana de cinco anos, se o seu Correto não entrasse em acordo com o Coronel Salles. Mãe branca, Pai preto e ele dessa cor sem nome. O sentimento de impotência do Pai, seu olhar repentinamente frágil parecendo que ia desmanchar, aquilo foi o pior castigo para Gambé. "Credo!", chegou a pensar que Pai ia chorar. "Se ele chora, eu implodo." Aí, não importava a pouca idade que tinha, ia ter que pular na orelha do Wa'uburé e arrancá-la no dente, mesmo sabendo que o matavam. Mas era a única coisa que se podia fazer. Lágrimas do Pai valiam mais que a honra da Mana. Ninguém podia roubar aquilo dele. Pai chorando? Desaba o céu sobre nós e esmaga tudo que nos sustenta. Sentiu os ossos molinhos, molinhos. Rememorar é sofrer.

Os avós de Gambé, pais do Pai, viviam de alugar quartos e vender refeições em uma pensãozinha para boiadeiro, em Barreiras, onde Bahia encontra com Goiás. Pai conhecera a Mãe — flor de sementes portuguesas e tupinambás vinda de Macaúbas —, quando foi se arriscar como vaqueiro no cerrado baiano. Sorte no amor, azar nos negócios, mudou com a mulher para Mato Grosso, lugar de possibilidades e terras devolutas. Nasceram por ali Gambé e a Mana; os netos dos Correto. Gambé começou a pegar no pesado ainda broto pequeno; amansou cavalo chucro, laçou rês, cavalgou trote picado e marcha batida. Para pagar os estudos, já moço, foi porteiro por uns meses até firmar-se alfaiate, profissão que aprendera com os primos maternos.

"Todos nos perdemos naquela fogueira, Boca de Fogo, a casa era nossa raiz. Quando as dívidas a comeram, sumimos no mundo sem eira nem beira."

Boca lubrificou as tripas com outro gole de cachaça, coçou os olhos com os dedos gordos e ofereceu mais uma dose do silêncio necessário à cavalgada que Gambé fazia pelos ocorridos.

"Pai só tinha uma garrucha e uma peixeira em casa. Eu sabia onde elas repousavam, mas o Wa'uburé chegou maquinado com aqueles ferros de nome gringo e uma renca de capanga... Depois daquilo, Pai virou pau podre, oco por dentro até desmoronar imenso no pântano do fracasso. A Mãe culpava o velho por tudo: como é que ele tinha pegado dinheiro do Coronel Salles? Se ela cuidava dos filhos, da horta, da cozinha e das costuras, não bastava ele se entender com os números?"

Aprendendo com os erros do patriarca foi que Gambé se apaixonou pelas matemáticas e pelos cálculos. Via algarismos em tudo e via o vazio no ânimo do Pai. Comiam porque a Mãe nunca desistiu da vida, sempre dava um jeito de fazerem ao menos uma refeição. Dinheiro para o gole o Pai arranjava de algum jeito que Gambé preferia nem adivinhar. Homem diante das adversidades é água fervida; evapora-se e não deixa cheiro. Fica o quê? A mulher; raiz e tronco.

"Mas meu velho não sabia que o Salles emprestava pra nunca mais perdoar? Depois da casa lambida pelas dívidas, nunca mais que Mãe viu Pai com os olhos d'antes."

Por um momento, Gambé fez eco ao silêncio do companheiro de farda. Um grupo de franciscanos, em hábitos marrons e sandálias de couro, passou apressado pela venda onde ceavam. Boca de Fogo benzeu-se diante daqueles homens alvos. Gambé bateu com a canequinha esmaltada na mesa de angico. O bodegueiro português apressou-se a servir-lhe mais cachaça. Gambé encarava Boca de Fogo, com seu olhar bovino, e tinha raiva. Era no Pai que pensava. O patriarca se encolhera do tamanho de um catito. Catito, não, formiga, que a gente esmaga com o casco e nem se dá conta. "Qual era a opção do Pai? Ali, Coronel Salles era banco, armazém, delegado e juiz."

Gambé não seguiria aquela sina, era galho que enverga mas não quebra. Se puxava a trabalhar desde pequeno. Quando aprontava alguma, o velho Correto o amarrava a um toco igual cachorro brabo. Ficava lá horas esturricando no sol, esquecido — sem água ou comida. Filho mais velho paga os pecados dos irmãos que ainda nem nasceram. Quando perderam a casa ele tinha o quê? Treze anos. Já decidira que único caminho era o estudo, carecia domar os números. Disso Gambé tomou consciência enquanto dirigia carro de boi no cerradão de Mato Grosso; o ar desidratado obrigando ipês a florirem ainda mais exuberantes: amarelos, brancos, roxos; todos com os galhos pretos e retorcidos pelas mãos impiedosas de Deus. Com dois pais analfabetos a inspiração brotara d'onde?

"Essa amizade com os algarismos, Boca de Fogo, isso foi milagre em minha vida. O que me fez estudar foi esse milagre dos números, o gosto por ouvir missa em latim e a vontade de deixar de pegar no pesado."

Boca de Fogo assentia com a cabeça, mas não entendia os caminhos que levaram o colega de farda aos estudos. Livro era coisa de rico, só que Gambé tinha os calos das mãos a lhe servirem de testemunhas da pobreza. Mistérios. "É que eu mirava aqueles coronéis com as mãos lisinhas, mais macias que as mãozinhas do padre, e pensava: 'Esses aí sabem o que é bom'."

O milagre era fato. Todo setembro os pais de Gambé iam a Cuiabá para a festa de São Benedito. Quando ele completou doze anos, em 1889, a família rumou para a celebração, seguindo a tradição particular. A festa acontecia na igreja de Nossa Senhora do Rosário, às margens do córrego da Prainha. Fartaram-se de carne de lata, rezaram e cantaram. Romaria já voltava para os vilarejos do sul de Mato Grosso, extensa travessia, quando Mana sentiu falta de Gambé. Aflitos, ela e os pais retornaram pelo caminho todo e o encontraram no Curso Normal, sentado entre os professores de matemática ouvindo e fazendo perguntas. Todos os mestres ficaram admirados com seu entendimento e com suas respostas, para o orgulho da Mãe.

"Resolvi o mistério da multiplicação dos pães e peixes operada pelo Cristo Jesus naquele dia, com uma equação que eles nunca nem tinham visto. Tudo anotado em meu caderninho, onde traduzo o mundo em números... Mas, se te explico, Boca, mecê não há de nada entender."

Boca de Fogo benzeu-se desgarrando o quepe da cabeça. A mãe era rezadeira de todos os santos, mas no topo de seu altar quem comandava o coro era o Cristo Jesus. O milagre matemático do compadre o arrepiava. "O problema do teu pai foi o quê, Gambé? Jogo? Fanfarronice? Por que teu velho acumulou tanta dívida?"

"Coisa nenhuma, Boca, basta que a vida é cara. Basta a realidade pra partir um homem, num é preciso criar aventuras."

"Valha-me Deus!"

"Aí, lamberam nossa casa na brasa, pegaram as terras e nos botaram na estrada. Ainda cheiro na memória aquela terra úmida em dia de tempestade, aqueles pardais pequenos despencando dos ninhos barrigudos e depenados, os mofos das paredes formando traçados de mapas verdes e negros, que eu sabia de cor, como sabia o caminho até a escola rural. De muito na vida não sei, mas aquela casa eu dominava como se fosse parte minha... A casa-natal de um homem é sua alma mobiliada, o lugar pra onde a gente retorna nos sonhos. Ela contém em seu interior o que de mais sagrado há na vida: os tempos da infância; única vez que se vive de verdade, que se aprende a enxergar a coisa-existência. Depois daquilo, só repetição. Mas a casa onde se nasce, ela guarda, museu-memória, nossa pequenez. Até que a dívida coma, o fogo lamba ou o homem venda."

"Gambé, num é pra tanto... Quem veio pra morrer na casa em que nasceu foi caramujo, que leva morada nas costas!"

Gambé e Boca de Fogo petiscando as memórias com cachaça. O bodegueiro perguntou se queriam jantar a leitoa frita que iria sair naquela noite. Assentiram com a cabeça e perguntaram se havia pão para acompanhar. Havia broa. Calaram-se.

Menino, Gambé era graveto; vida foi que o engrossou. A família pipocou de vila em vila, caindo de favor na casa de parentes, até que Gambé conseguiu iniciar na Escola Normal, morando com uns primos maternos. Frustração foi Mãe decidir retorno para a vilinha original. Gostinho de quase-lá amofina. Causa era que alcoolismo do Pai se agravava longe da roça.

Quando bateu no teto das possibilidades daquela sua cidade uterina, o Correto chegou a cogitar, mesmo, implorar ao Coronel que o ajudasse a estudar em São Paulo. Podia pagar o favor servindo ao Salles como capanga. Era forte, tinha os ódios, mas bandear-se pros lados do Coronel... Matar o Pai, em vida, era aquilo.

A falta de qualquer opção é o remédio mais amargo para se desencantar a existência. Privilegiados os que sonham. Gambé adolescendo rumou ao casarão da fazenda Salles — pintado de azul e branco e enfeitando-se para o São João. Pediu licença pra chegar e fez a proposição de capangar. O Coronel riu do menino atrevido: nem chumbo, nem livros; que se contentasse com a enxada, que era destino seu.

Gambé não se dobrou. Voltou para Cuiabá sozinho, já dominava agulha e linha; melhor que arar terra. Passou alguns meses planejando a mudança para a capital paulista, onde sonhava estudar na tal Escola Politécnica, recém-fundada no bairro do Bom Retiro, onde usavam a arte dos cálculos para operar milagres da multiplicação das indústrias. Ou, então, cursar direito no largo de São Francisco. Eram tempos em que o Correto ganhava seu faz-me-rir cortando calças, ajustando barras e remendando camisas para os trabalhadores da região. Tinha uma tesoura bonita, de aço, na qual mandara gravar seu nome completo e sua data de nascimento. Se seguisse naquela vida, como os primos maternos, um dia também inscreveriam ali, naquele instrumento metálico, sua data de morte. Migrou, então, para a capital paulista.

Não podendo seguir mais fundo nos estudos, ou mesmo ser jagunço do Coronel, Gambé resolveu tomar a profissão menos nobre que restava aos pobres que não apreciam labuta pesada: tornar-se-ia policial.

CADERNO ÍMPAR
[1912-1913]

3. Um índio

Repare aquele ponto que caminha em nossa direção, aquele corpinho, ali, atarracado, que se aproxima ao longe ziguezagueando... Viram? Aquela sombra, ainda incógnita, cujo sorriso aberto está oculto pela contraluz, há de ser mensageira de ventos ruins. Legbá tem dessas. Quando comunica às pessoas as mensagens dos destinos, as palavras dos eternos, ele sorri e chora. Faz sorrir e faz chorar. Gentes-bicho, gentes-planta, gentes-bicho-humano e gentes-encantados são todos gentes dependentes dos ventos que o senhor das encruzilhadas sopra de Orum. O que se aproxima parece só a face irascível de Exu. Mas o redemoinho puro da destruição e do caos também pode ser mudança necessária e civilizatória. Há uma pedra aqui sendo lançada em direção ao destino de Gambé.

Tião Ioty, pombeiro kaingang, é o que caminha na frente, vindo ter com tropa acampada do Tenente Galinha. Atrás dele está Serelepe, fardado e armado. Ioty, cavalo dos encantados com um macaquinho ao ombro, é ponte rara entre os mortos e os vivos. E quanto mais os vivos matam, mais surdos ficam ao apelo dos que morreram. Cerram os portões de outros planos naturais. Naqueles tempos a população do interior ainda era bem distribuída entre animais, vegetais e encantados. E todos se davam relativamente bem, quando não resolviam tomar o outro por almoço.

À medida que Ioty e Serelepe aproximam-se, Boca de Fogo e Gambé braseiam carne, despidos da cintura para cima no acampamento da tropa, montado em uma ilha de capim, entroncamento de estradas de terra. São Paulo ficou para trás, o destino da Captura é novamente Desamparo. Gambé ignora, mas o mensageiro chega, repare bem. Repare, se tem sensibilidade pra essas coisas.

Aqui, correram, já, dezessete anos desde o encontro com Mariana e Prudencio, Gambé já não enchia a cabeça de Boca com remorsos do passado e histórias da infância. Os policiais assavam tatu-galinha na churrasqueira de cupinzeiro. "Céu pedrento é chuva ou vento", dizia Boca de Fogo estudando o céu, enquanto Gambé operava os espetos de carne e abanava a brasa quente. "Amanhã chove, mas hoje foi um diazinho magnífico, num foi, Galinha?" O calendário marcava o ano de 1912, Tenente Galinha era riso contente, corpanzil cor de cal aprumado em farda azul. A tropa olhando para ele com afeição. Fora promovido a tenente, ganhava moral com os políticos, tinha carta branca para agir no oeste. Já se fora o tempo, no início da vida militar, em que vivia sendo repreendido pelos oficiais, em que passara vinte dias preso por rebeldia em São Carlos, em que desertara duas vezes. "Eu era terrível", condescendia Galinha. Segundo os registros oficiais fora obrigado a devolver duzentos e trinta réis a um colega de farda. Xingava seus homens o tempo todo, mas brigava por aumentos e benefícios para eles. Cercado dos policiais da Força Pública, Batalhão de Caçadores Tobias de Aguiar, nada não temia. Tenente Galinha recebera ordens para acertar, finalmente, as contas com Rabo Grosso e Mané Teixeira. Os capangas andavam extorquindo terras de viúvas indefesas — terras valorizadas pelo nascimento da linha do trem. Só que, entre o Tenente e os tais capangas, havia um coronel. E o Coronel Manoel Antero dos Santos tinha seus próprios planos para a Captura.

"Ouve, negada: Coronel Manoel Antero dos Santos diz que dá cinco conto pá nóis, se laçarmos o Cara de Cavalo."

"Cara de Cavalo, meu Tenente? Mas e o Mané Teixeira?"

Mané Teixeira e Rabo Grosso trabalhavam para cumprir desejos do Coronel Manoel. Talvez estivessem acima da justiça ordinária da Captura. Já Cara de Cavalo, mameluco brabo, era bandido mais temível do sul de Mato Grosso. Cabelos compridos, nariz protuberante, dentes que escapavam aos beiços. Tinha se bandeado pro Paraguai uns tempos, depois virara bugreiro no Paraná recebendo por orelha decepada e viera para São Paulo caçar kaingang. A trama para assaltar o trem da Noroeste incomodara o Coronel Manoel. Ou talvez este só quisesse poupar seus próprios capangas da fúria de Galinha. Rabo Grosso e Mané Teixeira trabalhavam para cumprir desejos do poderoso homem pequeno, talvez estivessem acima da justiça ordinária da Captura.

Gambé coçou os pelos do braço direito, parando um pouco de abanar o fogo. Serelepe, baixote, voltava gingando longe. Sorriso bonito e claro, mesmo faltando os dois incisivos. Não vinha sozinho. Na frente, descalço, o pombeiro que encontrara naquela vila sem nome. O tal kaingang, Tião Ioty, era bom caçador e vivia amasiado com uma filha de caipiras mineiros num casebre na beira do córrego marrom. Ioty, rosto e braços marcados por círculos avermelhados pintados com casca da batata-doce e argila, desprezava Cara de Cavalo.

"Ioty é nome de bugre, é?"

"Ioty é tamanduá, seu Tenente, é língua da gente."

"Não maliciei. Cê gosta de comer formiga, Tião?"

"Ioty vem de uma história comprida, Tenente. Nós kaingangs somos em metades, né? Sol e Lua, Kamé e Kairu, onça e tamanduá... Os kamé usa pintura preta com risquinho, os kairu pintura vermelha com pintinha."

"Pra quê?"

"Pra não casá com parente."

"E que que tamanduá tem a ver com casório?"

"Onça é filha de Kamé e tamanduá é filho de Kairu. Se passou assim: Kamé, que era esperto, criou a onça, dona da mata. Kairu, irmão caçula, não quis ficá pra trás. Começô a modelá um novo alimal no barro. Amassou, amassou, mas só podia trabaiá de noite. Quando o alimalzinho tava quase pronto, céu começou parir manhã. Só que faltava ainda língua, dente e umas unhas pra finalizá o bicho. De dia Kairu enfraquece, não pode brincá de Deus, então se apressou pra botá um galinho fino na boca do tamanduá. 'Cê, como ficou sem dente, vai vivê de lambê formiga', disse Kairu. Por isso que tamanduá, nosso irmão da noite, é um bicho mei torto, inacabado. E eu sou kaingang kairu, né, Tenente?"

Ioty parou a fala no meio e ficou pensativo. Acariciava o macaquinho, olhando o nada. Formigas caga-fogo, em correição, enfileiravam-se no capim.

"Que foi, cabra?"

"Às veiz, penso que todo kaingang, hoje, é kairu. Os branco são as onça, são ming, e nóis tudo ioty, sem dente pra... Bom, cê qué sabê do Cara de Cavalo, né, Tenente? Seu Galinha, esse desgraceira tá entocado com uma récula de bandido numa tapera em cima do morro grande. O lugar é ninho de rataria, dizem que tão entocando inté dinamite pra assaltá o trem de pagamento."

"Dinamite? Duvido."

"Aduvide, não, Tenente, juro por Deus que esse Cara de Cavalo é ardiloso e sem escrupo mesmo. Sujeito à toa, aprendeu com os bugreiro a atacá nóis no meio das festa do kiki. Nóis naquela festa santa, depois de enterrá os morto, guiando os espíritos pra num ficá atormentando; separando qual das crianças que ia ser kamé e qual ia ser kairu e os matador cercando nóis, só de espreita.

"Essa festa é coisa bonita: os kamé velavam os mortos dos kairu; e os kairu os mortos dos kamé. O terceiro dia era o mais importante, quando os kaingang fazia suas pintura de proteção e ficavam tudo ali no centro da roda. Aí, fogueava três fogueiras pra cada lado e a aldeia dos mortos vinha dançar com a aldeia dos vivos. Só que do jeito que branco anda caçando kaingang, os fantasmas eram tantos que tavam comandando a festa. Era bonito aquilo de poder dançá com os parente morto, mas, hoje, o homem aprende que conversá com morto não é civilizado. Os kaingang era feito de terra, cês são outra coisa, bicho de ar. Agora nóis também tamo meio assim: papagaio que acompanha joão-de-barro vira ajudante de pedreiro."

Galinha cerrou os olhos e enrolou o bigode loiro — emudeceu. Não tinha intimidade com indígena, negócio dele era caçar bandido. Observou Serelepe e Ioty indo na direção do rio com as varas de pescar. Em Rio Claro, onde nascera, e na capital do estado, não tivera convivência com nativo — desconfiava. Gambé não queria nem saber, concentrava-se no carteado com Boca de Fogo e mais dois soldados: Bororó e Manoel do Saco. Aqueles, pra comunicar as cartas, era só nas piscadelas. Os morcegos farfalhando traziam noite nas asas. Barulhinho bom de mato. Tenente Galinha não apreciava. Pra ele, noite era boa de festar, não de dormir. Custava a pegar no sono sem uma cachacinha que lhe amolecesse os nervos. Também não era chegado em pousar assim no cerrado, era homem de vila, acostumado a dormir em cama macia — sua pele desbotada esturricava no sol. De noite era só pisadera, sonhos terríveis. Repetia o nome da mulher: "Benedita, Benedita!".

Fazer justiça tinha seu preço, Gambé sabia, mas se orgulhava dos tempos na polícia. Enquanto bandeasse com Galinha, queria limpar tudo quanto era bandido do mundo.

Arrancar essas ervas daninhas dos caminhos das pessoas decentes. Gostava do impacto que a farda causava com a mulherada. Tinha um apetite pra mulher e cachaça que rivalizava com o do Galinha, mas não teria destino igual ao do chefe. Lia e calculava bem. Não sabia só contar os números, não: podia até dar aula, se precisasse. Era tudo questão de tempo. Quando brotou o dia, o Tenente estava com os olhos fixos no policial, olheiras fundas, bigode em desalinho.

"Tive sonho ruim, Gambé. Sonho é coisa pra ficá de olho, viu? Esse Ioty, aí, tá trazendo os quebranto pá nóis." Depois gargalhou. "Quebranto, o quê? Tô ficando frouxo... Amanhã vou pra forra com esse Cara de Cavalo."

"Temo que trazer o bandido inteiro, mesmo, Tenente?"

"Pior que é, Gambé, Coronel Manoel exigiu."

"Não confio nesse Coronel, meu Tenente, ele pode estar aprontando pra gente."

"Isso pode ser. Meu consolo é que tamo nas terra do Promotor, sujeito cem por cento, cumpridor da lei, amigo nosso. Com ele, se prendo, sujeito num escapa."

Do Promotor, Galinha falava com admiração. Se cobria de orgulho da amizade esculpida na cidade. Bebiam coisa fina, Promotor chamava o Tenente para cear na casa dele. Codorna recheada e carne de vaca.

"Magina, Gambé? Um dia tô comendo de louça inglesa ca família do Promotor, no outro, tô socado nesse mato com índio e negada. Vida aleatória! Promotor fala muito de Deus; é versado em Bíblia. Questionei a ele se matar bandido ia mandá nóis pro inferno, respondeu com esse papelzinho aqui, ó, leia pra mim."

Galinha sacou o retalho amarelado do bolso, folhinha escrita em caligrafia rococó, que ensinava: "Meu Deus é a rocha em que encontro refúgio. Deus fará cair sobre eles os seus crimes, e os destruirá por causa dos seus pecados; o Senhor, o nosso Deus, os destruirá!".

Tenente ouviu aquilo e ficou olhando para os policiais roncando e para o imenso céu que cobria o sertão. Pediu, então, para Gambé escrever uma carta para o Promotor e um ofício para o subdelegado. Depois levantou o resto do pessoal no grito, chutando o Tião Ioty com a bota. "Bamo, cambada dus inferno! Bamo que tá na hora de comer carne de cavalo!"

A tropa se enfileirava na estrada, quando Galinha avistou formigueiro. "Coisa bonita", pensou Gambé. Uma rainha, centenas de operárias estéreis, meia dúzia de machos felizes que nascem para voar, copular e morrer. O castelo marrom, imponente e organizado, erguia-se no capinzal do cerrado. Tudo destruído em poucos segundos pelas pisadas do Tenente.

"Canaia, bicho ruim, te mato, desgraça!"

O couro esmigalhava o amontoado formado por partículas finas de terra e as formigas caga-fogo fugiam ferozes tentando, inutilmente, ferroar o carrasco engraxado. Era como se a terra começasse a mover-se, em transe, através daquela multidão invertebrada de corpos amarelados, avermelhados e marrons. Vendo o formigueiro desmanchar, Galinha relaxou.

"Suas mundiça, quem manda aqui sou eu! Cadê esse Cara de Cavalo?"

O casebre abandonado ficava num ermo, lugar agradável pra cobra e vagabundo. De lá de cima eles podiam fazer boa mira na tropa. No brejo, saracura chamava chuva.

"Gambé e o Ioty vão na frente de batedor, mas se aproximando da tapera por trás, viu? Vamo aprontá uma boa com esses sem-vergonha!"

A catinga vinha de longe se meter no nariz das gentes. Urubuzada tingindo o céu de negro rodopio. Tatuzinho carniceiro. "Que azedume é esse, hein?" No pé do morro; carcaças de porco, miúdos de galinha, espigas de milho, bosta de gente. "Arre, negada, que bicho porco esse Cu de Cavalo!"

Mosquitada em procissão do brejo até ali. Terra que Deus criara com raiva. Uma cachorrada estropiada descia morro abaixo latindo furiosa. Cachorrinho sem metade da orelha, de pelagem cinza e marrom, parou diante dos restos de um bode e passou a roer-lhe os ossos.

"Donde saiu tanto cão?"

O esqueleto de um macaco, encolhido em posição fetal, ali no chão, lembrava um bebê recém-nascido. Um dos cães rosnou para o Galinha. "Passa fogo nesses, carniça, bamo, gente!" Gambé deu sinal para o Tião Ioty de subir por trás da tapera. Matar vagabundo era a lei da vida, mas ia matar cachorro? Sempre achara bicho melhor do que gente. Teve um cãozinho que ficou parado olhando para o Galinha, como se fosse ganhar um osso. Sem chance. O Tenente exagerava na maldade, mas Gambé tinha seus planos: assumir um cargo burocrático na polícia, ganhar dinheiro, ter um filho longe dali. Estar na Captura era jogar a vida com as cartas que o destino dera. Às vezes ainda lembrava do desejo pela tal Mariana, as sardas dela na pele quase vermelha. Tapou o nariz e foi.

Na subida, a coisa piorava, varejeiras esmeralda zumbizando. Dedos de gente, rosário de orelhas; narizes. Uma flecha cravada num montinho de areia. Gambé olhou pra tapera, algo reluzia. Na estaca de aroeira, um crânio pequeno.

"Macaco, Ioty?"

"Nada, Gambé, isso daí é criança."

Chuvarada começou a erguer cheiro de terra molhada. Gotas respingando na farda. Passou a destra no revólver enquanto subia o morro escorregadio. Trovãozão bravo, arvoredo balançando. Uma cantiga distante. "Kainguê uã kainguê." Tião que ia na frente voltou-se com cara de morte e passou reto por Gambé; carreira alucinada.

O policial sacou o 38 para poder dar um tiro nas costas do desertor; bicho covarde! Uma voz gritou lá de cima. Tempestade cerrando. Engatilhou a arma, olhou pra cima de onde vinha o berro. Viu fogo, sorriso branco e areia arrepiando brava. Relampejou. O Cara de Cavalo sabia da chegada da tropa... Mas como? Gambé sentiu a terra abrindo sob os pés e uma grande explosão. As dinamites! Não é que Tião Ioty estava certo?

Depois disso, de nada lembrou — só essa dor, nem quente, nem fria. Morna.

4. Mais um novato

Como se grandes chumaços de algodão, exércitos de bolores brancos e fofos envolvessem seus músculos, tendões e vasos sanguíneos. Como se ácido lático fosse bombeado em suas veias sem que fizesse nenhum exercício, percorrendo cada milímetro de carne e deixando, por onde passava, uma náusea verde, um tremendo mal-estar. Não se sentia mais homem. Não era mais homem. Gambé olhava-se no espelho e o que via? Um quase.

Já fazia tempo; alguns meses. Primeiro, o remorso dos crimes com o Galinha tinha quebrado seu espírito, carcomido seus músculos. Não se esquecia do primeiro pecado: a moça branca pendurada pela barriga, lá perto de Desamparo: Mariana. Depois, o marido Prudencio morto como cachorro raivoso; a pele sangrada era retinta como a do Pai. Mas, ao longo daqueles dezessete anos, Gambé tinha planos, tinha metas, calculava: precisava fazer dinheiro, não queria passar a vida dobrando a cabeça pra Wa'uburé Vermelho e Coronel Salles.

O golpe mais duro fora aquela dinamite. O bando do Cara de Cavalo os aguardava, com TNT, na subida do morro. Moeram seu braço direito, o lado destro do peito em brasas, o olho perdido. Ficou estropiado na montanha e, sob bala e bomba, policial nenhum teve coragem de resgatá-lo. Durante o suplício, entre o delírio e a vigília, acreditava ter ouvido capangas citarem o nome do Coronel Manoel. Cilada. Os bandidos ainda tinham feito aquela maldade com ele desacordado. Depois o deixaram largado para morrer. Ninguém da tropa comentava sóbrio, mas quando bebiam insinuavam. Era um meio homem. Dava vergonha até de acordar.

Que sabia fazer sem a mão direita? Sem a força do corpo? Sem a bola do olho? A orelha destra? Os bagos do saco? "O trem vindouro traria algo de bom àquelas plagas", repetia o Galinha papagaio de coronel. O mundo acelera, mas a caminho de onde? Galinha acreditava que estavam indo pra um lugar melhor. Gambé duvidava, apostava que só estavam indo mais rápido. Foi-se o braço bom, ficou só o lado ruim. Pensamentos sombrios: olhava meninas brincando de pula-carniça e pensava ódios ferventes. Olhava para o Tenente e cuspia no chão. Os cabras cada um com sua matula. Paçoca de carne Gambé pegava com a mão esquerda e arremessava na boca. Fez de tudo para não ser nulidade: tocara boi; fora porteiro, alfaiate, policial. Pagara seus estudos, calculava como ninguém. Seguiu até o Normal e do Normal para a Força Pública. Entendia as estrelas e os astros que nos apequenam no universo.

Galinha, não, não entendia os números, nem as letras. Gambé que rabiscava seus ofícios. Agora com a mão esquerda, a que restara. Ainda assim, melhor que Serelepe, Boca de Fogo e os demais. Letrinhas miseráveis. Olhou para o novato que chegara para tomar seu lugar. Forte, pele escura, traços de menino, algumas sardas a enfeitar o rosto, a voz fraquinha. Devia ter uns dezessete anos, contava pouco, perguntava muito. Batizou-o de Cuiabano, pois também vinha de Mato Grosso. Quanto tempo duraria no serviço? Dizia que nadava bem e que arranhava viola. Que havia feito sua palheta de chifre de boi, na Sexta-Feira da Paixão.

"Verdade, Cuiabano?"

"Juro mesmo, Gambé, compa, debaixo de um pé de figueira, antes do sol sair. Tudo como o costume." O novato parecia encantado com o Promotor, que falava sem parar.

"Sim, labutei com o Dioguinho, Cuiabano."

"O matador?"

"O dito-cujo foi oficial de justiça; antes media terra. Era amigo dos coronéis lá das bandas de São Simão. Sabe o que desgraçou ele?"

"Sei não, Promotor."

"A paixão, Cuiabano. Paixão desgraça o homem e entorpece a mulher. Paixão é a cachaça da natureza que destrói a cabeça, a racionalidade e tudo que é pacífico na gente. Isso desde quando a paixão condenou Adão e sua costela. Paixão, sim, que difere do amor, aquele que não se vangloria, não se ensoberbece, não busca os seus próprios interesses. Sabe, Cuiabano, Dioguinho era exímio leitor, apreciava a filosofia grega. Cultuava a arte da retórica que

aprendera com Aristóteles. Falava rápido, mas era eloquente. Ouvindo-o a gente esquivava-se de lançar perguntas, só para não interrompê-lo. Dioguinho dizia que felicidade é atividade, algo que se cultiva, não nasce com a gente."
"Bonito demais, Promotor."
Que eram aquelas palavras? Poeira no vento... Que era aquela exibição toda? "Quem nada sabe deveria resignar--se com silêncio", matutava Gambé. Tempo escorreu célere desde a explosão que fizera daquele policial um cabra rachado: rios de horas; meses. Calculava o tempo em seu novo caderno, os dias dançando. Quantos? Cento e vinte e dois... Fazia quatro meses que o Cara de Cavalo o tornara meio homem. Desde então, o que mais aliviava sua cabeça era buscar números pares nas coisas que encontrava pelo caminho: cupinzeiros, manadas de zebus, garrafas de aguardente, dentes de velhos capiaus.

Promotor tinha arranjado uma Mauser C96 e largado o trabalho na Justiça para juntar-se ao Tenente Galinha durante a convalescença de Gambé. Dizia que não queria apenas ler a vida, mas senti-la de fato. Pensava em construir algum nome com aqueles justiceiros dos pobres, depois de fazer tanto pelos coronéis. Daí, quem sabe, arriscar-se na política. Galinha tornara-se muito querido pelos homens de influência na capital. Promotor, quatrocentão, tinha a tradição, e Galinha, filho de imigrantes portugueses, o talento. Podiam edificar grandes coisas juntos naquela República que nascia. Além de dominar o palavreado complicado e os livros da lei, Promotor tocava sanfona e piano, sabia usar talheres, só trajava preto e tinha pistola alemã capaz de cuspir dez tiros.

O povo da comarca onde ele atuava, o amava, mas Gambé desconfiava das intenções do homenzinho. Tem algo de errado quando os romanos passam a imitar os bárbaros. Promotor sentia-se livre, não era oficialmente da Força Pública, nem trabalhava mais para o governo. Era um homem sólido, sem pescoço, sem lábios, orelhas de abano, cabelo à escovinha, pele clara, nenhuma barba.

Ostentava mais estudos que Gambé, mas a fala era acaipirada, a voz nasal, repetia o que lia como papagaio treinado. Idolatrava tanto Dioguinho, "bandido sem-vergonha", quanto amava o Galinha. Achava que Galinha era um homem simples, mas bom. Gambé sabia que não existia bondade no sertão e o sertão era só uma versão miniatura do universo. Em matéria de vivência humana, tudo que se encontra além-mar, ali dava em dobro.

O Promotor ria de Gambé, do seu passo manco, do seu braço fantasma, seu olho estropiado. Da sua dúvida. Achava que o Galinha era muito generoso de arrastar aquele cabra rachado com ele. Generoso? Como é que Gambé tinha perdido o braço e o olho? Não tinha sido pelejando? Tudo que ele fizera não fora transformar em ação o que o Promotor teorizava com aquele sorriso sem beiço?

"Prazer e dor são o que faz os homens maus, Cuiabano. Na busca pelo prazer, cometemos atos ruins. Temendo a dor, evitamos atos heroicos. O que desgraçou Dioguinho foi isso: queria se deitar nos cafezais com um camarada dele, de quem fora padrinho de casamento. O pai do rapaz — delegado e fazendeiro — não deixou, perseguiu o Diogo. Acabou tocaiado pelo matador."

"Dioguinho era baita, Promotor?"

"Diogo tinha apreço pela pederastia, sim, Cuiabano, mas também tinha duas cônjuges. Apreciava os prazeres, trajava punhos de renda, calçava esporas de prata. Quando chegava na Quinta do Simeão indagava por vinho, pescado, salada de cebola e pão. Vinho, acredita? Mas, no trabalho, talagava cachaça. Só Januária, né? Aquele sabia o que era bom. Mas mexeu com gente grande, quando tocaiou o tal coronel. Acabou afogado em um córrego."

Cuiabano sorria exibindo os dentes alvos para o Promotor. Esponja, absorvia tudo que ouvia: a irritação do Galinha, as receitas de Gambé, a malandragem de Serelepe e aquela cultura enciclopédica na qual o Promotor se arvorava; como se arvorava na confiança no progresso, nas leis, na bala e no belo.

"Acreditei por demais nessas coisas", ruminou Gambé, "e olha como acabei? Rachado no meio. Não existe nenhuma lógica nessa vida, Promotor. Duvido de tudo. Seu Aristóteles podia imaginar que o mundo era racional, mas este mundão aqui é balbúrdia e raiva, doutor. Balbúrdia, raiva e covardia."

"Equivoca-se, meu torto amigo, para Aristóteles a realidade e o mundo não podiam ser resumidos à lógica matemática. Ele dividia sua teoria nos quatro discursos, que, por sua vez, constituíam o uno. Esse materialismo pueril é posterior. Aristóteles tinha razão. E Dioguinho o sabia."

Bigode farto e aloirado sujo de farinha, pupilas dilatadas, olhar que mirava o nada. Galinha dormindo de olho aberto devia pensar em Benedita. O Tenente parecia um lago lamacento perdido no mato, mas aquela prosa atrevida arremessara uma pedra em suas águas, gerando círculos de agitação que o irritaram.

"Cambada dus inferno, que porra de falar de Dioguinho é essa? O tal era tudo de ruim: baita, bandido, leitor, fia da puta e desordeiro. Chega de bosteá pela boca, negada, que temo trabalho na Noroeste. Tão achando que são professor agora? Nosso trabaio é garrá bandido, seus fióti do capeta. Esqueceram? Tem uns meliantes dizendo que era do bando desse Dioguinho lá em Desamparo. Tô há anos atrás desses. Dessa vez a gente passa eles no fogo dus inferno. Promotor, olha, desculpe o palavreado ferrabrás... Te recebo aqui de braços abertos, mas chega de falatório sobre afrescalhado. Bandido, gente tem é que surrá. Gambé, também deu pra falá difícil, nego? Tá de que lado, porra? Tô te achando duas cara, hein?"

"Se eu fosse duas caras, meu Tenente, acha que ia escolher usar essa cara cagada aqui por opção?"

Tenente explodiu na gargalhada. Talagou a pinga, limpou a Winchester, xingou Serelepe e Boca de Fogo. Pediu para o Promotor tocar uma música na sanfona. Dançou descoordenadamente. Puxou o Cuiabano para dançar com ele. Pisoteou seus pés. Gargalhou até ficar vermelho. Cuiabano olhava pra ele com admiração. Gambé teve dó. Tenente Galinha não conseguia ficar muito tempo longe de mulher. Passava a procurar os mais fracos para aliviar o nervoso. Pediu para Gambé escrever um ofício para o subdelegado de Desamparo. Decidiu ficar no acampamento aquela noite ainda. Liberou o cozinheiro para matar um dos frangos que acompanhavam a trupe desde que passaram na vila de Rio Pardo. "Hoje foi um dia magnífico", repetia Boca de Fogo satisfeito com a sonoridade do adjetivo. Galinha foi se lavar no rio com Serelepe, chamou Cuiabano, que preferiu sentar perto de Gambé. O policial alquebrado gostava de seus olhos curiosos, do sorriso franco. O novato queria saber mais do Galinha. Percebendo o interesse de Cuiabano, o Promotor largou a leitura das *Horas marianas* um tanto e bandeou para o lado onde Gambé matava o frango com uma mão só. Queria perguntar como Boca de Fogo tinha se juntado à Captura.

"O Tenente Galinha eu conheci em Serra Negra. Antes de me alistar."

"Foi, Boca de Fogo? Bravo mesmo?"

"Demais."

"Cumpridor das ordens?"

"Até das mais mesquinhas."

"Matador no duro?"

"De bandido, assassino, cigano e marido ciumento."

"Não diga que é contra o modus operandi do Tenente, Boca? Para ser contra o Galinha, só sendo monarquista, anarquista, capoeirista ou pederasta. Quem não deve não teme."

"Seu Promotor, o senhor sabe que conheço o Galinha há milianos? Jogamos muita capoeira juntos, mas o homem tá no oposto da santidade."

"Capoeira?"

"Tô falando, ué! Jogamos capoeira no pátio da matriz de Serra Negra. O bigodão é capoeira tipo da 'Força', joga de bota, tem a perna dura. Não sabe tocar instrumento. Eu era do tipo 'baiano', né? Mais malandragem, descalço... Lá na Serra Negra, a roda foi boa. Magnífica! O primeiro que tombou foi Galinha. Pessoal achou que eu era doido. Quando é contra a polícia, até no carteado deixam ganhar. Depois andamos caindo os dois e tudo acabou bem. Gosto dele... Homem brabo."

"Engraçado o Tenente Galinha refestelar-se na tal capoeira, Boca."

"Por quê, Promotor?"

"Porque vocês compõem o Batalhão de Caçadores Tobias de Aguiar, confere?"

"Confere."

"E foi o próprio Tobias de Aguiar, oficial de milícia, quem proibiu a capoeira em 1835 sob pena de prisão e chibatada dizendo que era coisa de preto vadio."

"Disso não faço ideia, Promotor."

"O Promotor é sabido", empolgou-se Cuiabano.

"Aprecio ler meus livrinhos, Cuiabano... Que o Galinha é indivíduo cumpridor dos seus deveres, isso é certo. Abusa, é verdade, mas sua folha de serviços é grande. Acabou com o banditismo por este interior afora. Justiça seja feita, o Tenente limpou isto aqui."

"Quer ouvir uma boa, Promotor? Não sabe a do casamento dos pelados?"

"Nunca tive o prazer de ouvir essa, Gambé."

"Pois ouça, Promotor, ouça com atenção. Sucedeu-se em Rincão, pertinho de Araraquara, onde havia uma festança de casamento, com aquelas quadrilhas todas: 'Caminho da roça! Chuva no terrero! Alavantu!', aquelas prosa. Muierada dançando quadrilha, sanfona do maestro Bico Doce, muita guloseima e quitanda. Os noivinhos não se cabiam em si de alegria, ingênuos de tudo e sem conhecimentos dos prazeres e mistérios. Casados por amor, de fato, gente do mesmo bairro. Pai da noiva tentava organizar a catira no empaliçado, tinha feito dinheirinho engordando porco e agora investia naquele festerê que queria ver comentado até por netos e bisnetos."

"E o Tenente com isso?"

"Então, enquanto a festa animava, Tenente tinha se metido naquelas plagas atrás de vagabundo que suvertera sem deixar rastro. Xingava nóis de tudo quanto era nome 'Canaiada, cambada, negada...'. Cê sabe como o homem fica quando não dá conta de garrá bandido, né, Promotor? Quem avistou a festa foi o Serelepe. Ligeiro, propôs pra gente tapear a fome no casório. Quando vinhemos se aproximando, a correria foi geral. 'Os cabeça-seca! Os polícia! Os polícia!' O pai da noiva, que era sujeito honesto e cumpridor, achou que não precisava temer. 'Isso é festa de casamento, seu polícia, gente de bem, trabalhador, posso saber com quem tô falando?' 'Nóis queremo forrá o bucho, véi lazarento. Tamo cas fome e tamo cos cansaço. Que que tem pra forrar?' 'Óia, seu soldado, desculpa de coração, mas a festinha tá no fim, viu? Vamos ficar devendo...' Mas como que a comida tinha acabado, se a festa corria solta com sanfona e gentarada?"

"Pois é, como, Gambé?"

"Ah, esse véio tava mentindo pro Galinha, né, Gambé?"

"Olha, Cuiabano, o Galinha percebeu que o pai da noiva mentia e mandou Zé Pintinho, Serelepe e Boca de Fogo revistar a casa todinha e não deixar ninguém sair de lá. A noivinha chorava agarrada no esposo: 'Estão estragando tudo!'. Quando Boca de Fogo voltou com o bolo nas mãos, gritando que havia muita comida ainda, Galinha ficou puto: 'Traz essa comida pra cá. Hoje esses murrugas vão ver que mesquinharia a gente pune com fartura de relha!'."

"E está errado, Gambé? Povinho mesquinho e mentiroso foi esconder comida da polícia..."

"Promotor, te juro, Tenente comia uma coxa de carneiro e bebia todo quentão do mundo, quando teve a ideia, maldita, de pedir música para acompanhar a ceia. Mas queria que Bico Doce tocasse sem calça. O sanfoneiro fez que não. Serelepe foi convidado, então, a convencer o véio. Acertou uma coronhada na cabeça do maestro. Sangueira esparramando pelos cabelos brancos e o senhorzinho, envergonhado, arriou as calças e tocou uma valsinha. Pensei no meu pai na hora. Arrepio no pescoço, vontade de acelerar o tempo para aquilo acabar logo. Galinha obrigou todo mundo a dançar. 'Olha a cor do gambito do véi, piroquinha murcha. Agora todos os hómi dançando sem calça!' Os moços até relutavam, mas as pancadas de Serelepe e Zé Pintinho eram convincentes demais. Riqueza do pai da noiva era só lágrima. Judiaria: 'Seu moço, pelo amor de Deus, isso não se faz com gente de bem, pai de família, trabaiador. Aqui era todo mundo fã do senhor, seu Galinha, até novena fizemos pra cê limpar essas terras da bandidagem'. 'Cala boca, véi, arrombado!' A noiva gritava, mulherio desmaiava, os homens tiravam as calças e se punham a dançar. Visão triste, Promotor, te juro mesmo. Tenente gargalhava: 'Qué vê, Serelepe, essa festa ficá boa? Agora, as muierada também dança!'. Nessa hora, vixe, o choro se misturou com as rezas e os pedidos de clemência pra Deus. Esse Zé Pintinho, aí, arrancou uma mocinha dos braços do marido e começou a apalpar, enquanto tirava as roupas. Fiquei com dó, aquilo não era certo, não era coisa de polícia, mas o que eu podia fazer? Um homem sozinho é pior que homem nenhum. Além da impotência carrega a vergonha do calar-se. Vou negar que o Galinha prestava serviços justos no interior? Num vô. Que ele cuidava de nóis? Verdade também. Mas o que ele aprontou naquele Rincão, eu me arrependo até hoje. No ouvido só as lamentaria, parece que foi agora: 'Cruiz-credo. Que horror! Nossa Senhora, Bom Jesus, tenha dó de nóis!'."

"Verdade, mesmo, Gambé?"

"Ainda não acabou: 'Onde é que tá a noiva?', bocejou o Galinha. Serelepe apontou a menina, novinha de tudo, garrada no noivo, travada. Tava tudo arrumadinha, de trancinha e vestido branco. 'Traz a tal, Serelepe!' O noivo, transtornado, partiu pra cima do Serelepe, mas acabou com a cabeça rachada e depois perdeu até o juízo. Galinha, então, catou a menina e levou pro..."

"Tá bom, Gambé, tá bom!"

"Ué, Cuiabano, mas é história verídica mesmo."

"Gambé, meu caro, mas ele pune assim gente inocente?"

"Sim, Promotor."

"Gente de bem?"

"Sim, Promotor."

"Gente branca, até?"
De noite, Gambé entreviu com o olho bom o Galinha observando Cuiabano dormindo num canto. O Tenente deu um tempinho e foi deitar perto das costas do novato. Mexia pouco o corpo, mãozona na boca do mais novo. Sujeito nojento. Antes que pudesse cumprir seu intento e aliviar a luxúria, Gambé agiu. Levantou de um pulo, mesmo partido ao meio: "Galinha!". O chefe assustou-se. Gambé inventou motivo:
"Tava sonhando com teu filho, Tenente."
"Pretextato? Ele tava bem, Cabra Rachado?"
"Tinha entrado pra Força Pública qui nem nóis."
"Arre, ele tem que ser doutor, Gambé. Num tem que ficar metido nesses sertão atrás de bandido."
A artimanha rendeu. Galinha levantou-se, agitado, e foi dormir numa rede presa nas árvores, deixando o novato intacto. Os olhinhos do Cuiabano estavam estalados. Uma lagriminha escorria do esquerdo. Agradeceu Gambé com o silêncio e mudou o pouso para perto do homem partido ao meio. Morcegaiada fazia a festa no pé de jabuticaba. Gambé com aquela sensação repetitiva do mofo tomando seu corpo, um desânimo faminto ocupando-o por dentro. Como que se fazia para sobreviver espremido entre os Dioguinhos e os Galinhas da vida? "No final das contas", pensava, "fica nóis, amassado entre os valentões — servindo de bode expiatório, brinquedinho, saco de pancadas, alvo. Buraco."

5. Cacete infinito

Eram uns tantos farrapos em formato de gente portando paus, pedras, relhas e enxadas. Na hora em que viu a corja, Gambé pensou: "Diacho, não é que o povo despertou? Tamo na pica do Saci!". A Captura ia pela estradinha forrada de pedregulhos, calangos e ipês. "Estrada das flores", apelidavam. Cuiabano afeiçoara-se ao Cabra Rachado e ao Promotor. Estudava o Tenente à distância, escaldado. Galinha não parecia preocupar-se. Tratava agora o jovenzinho sardento com desprezo, fazendo-o de servo e lhe impondo as funções mais idiotas.

"Esse ipê-amarelo lembra um pé de ouro, hein, Gambé?"

"Cala a boca, Cuiabano!"

"Desculpe, meu Tenente."

A árvore florida de dourado tinha seus quase vinte metros rodeados por beija-flores que lhe cobriam de carícias. O fato de um deles ter somente penas pretas chamou a atenção de Gambé, que viu ali sinal de mau agouro. No mato rasteiro, uma curicaca ciscava com seu bico longo e escuro sob os olhos vermelhos. Era só o barulho silencioso do cerrado, mas, num estalo, a turba revoltada surgiu, exército de exigências: "Galinha, Galinha, nos acuda!".

"Arre, cambada, que será que esse mundaréu de hómi barbado e armado tá precisando?"

De chapéu de palha na cabeça, fumo na boca e calça de tergal nas vergonhas, vinham os homens de Presidente Pena como que numa romaria de morte. Uns calçavam botas, outros tamancos, outros a pele que Deus lhes dera. As máscaras bravas nas caras. Um sujeito vestia uma couraça feita de pele de veado. Outro carregava uma borduna. Havia um português baixote com três cães filas furiosos. Raiva mesclada com impotência.

"Mataram o menino do Coronel Ferraz, seu Galinha. Ele e mais um companheiro estavam passeando por essas matas, numa picada muito bonita que acaba na Cachoeira das Araras. Já rumavam de volta pra casa, quando agrediram os dois covardemente pelas costas. Foi tanta paulada que nenhuma cabeça restou. Pareciam duas abóboras esmagadas. Purê de sangue, Tenente. Os meliantes levaram o relógio de um e os réis do outro."

"Óia, gente, vão me descurpá, mas tamo numa Captura pras bandas de Desamparo."

"Tenente Galinha, boa tarde, o que este povo fala sobre meu filho é verdade."

"Coronel Ferraz, quanto tempo, meu doutor!"

"Exijo vingança pro meu filho caçula, Tenente. Não pude nem enterrar com caixão aberto. O rosto do meu menino..."

"Coronel..."

"Pago gratificação boa, Galinha, sabemos quem foram os bandidos, mas eles evaporaram de Presidente Pena."

Galinha olhou para a tropa pensando na gratificação. Sempre estava atrás de um jeito para complementar a renda. Lembrou da Benedita o chamando de imprestável, dizendo que seu filho Pretextato ia ser analfabeto igual ao pai. Benedita, sim, era esperta, boa de conta, chegada nos folhetins. Bonita. Por que não o amava? Ele saía de casa e ela corria pra aprontar. Satisfação é coisa que não se acha. Deitava com qualquer um, mas dele tinha nojo. "Muié é cachaça." Um vintém a mais seria útil, Benedita apreciaria, aquele povo precisava dele, o Coronel Ferraz ia cair nas suas graças... Estufou o peito:

"Isso aí, num é que seja serviço complicado, coroné, mas é serviço pros miores. Vô com Serelepe que é brabo, Cuiabano que é ligeiro e o Gambé, que tem o melhor juízo de todos. Esse homem estropiado em cima do cavalo num tem braço, num tem olho, num tem as parte, mas tem um coração gigante, vocês ouviram, canaiada?"

Gambé percebeu que Cuiabano e o Promotor o olhavam com admiração repentina, como se tivessem descoberto naquela hora um diamante em meio ao cascalho. Cuiabano sorriu para o cabra estropiado, que alegrou-se com um elogio tão raro.

"É uma honra, meu Tenente, fico muito agradecido com suas palavras. Nós vamos achar esses meliantes, dar-lhes coça e prender como manda a justiça. Nossa Captura rasga o sertão pra proteger o cidadão ordeiro, as famílias de colonos, o povo sofrido e cristão que a bandidagem quer vilipendiar. As donzelas fiquem tranquilas, que a Captura..."

"Esse homem me desgraçou!"

Uma voz estridente antecedeu um vulto que abria caminho nervosamente em meio ao povo entretido com o Tenente Galinha. Francisca Chicão era, agora, mulher carcomida precocemente pelo tempo, de cabelos brancos na testa, voz rouca, nariz grande, seios volumosos. Gambé calculava que ela ainda não tinha acumulado nem seus trinta invernos. Pitava fumo e trazia pelas mãos um moleque ranhento e barrigudo com cara de idiota.

"Gambé, sujeito hipócrita, tu tá estragado, hómi! Te racharam pela metade, mas num te esqueço. Rancaram seus pedaços, mas não lhe tiraram a cara de pau. Agora tu virô herói, foi? Defensor das donzelas? Falador de discursos?"

Peito dele esvaziou na hora. O braço que Gambé não tinha fechou seu punho invisível e o policial murchou igual balão galinha lambido pelo fogo. Promotor deu meio-sorrisinho. Galinha se irritou.

"Quem é essa bruxa, Gambé? Vou dar-lhe de relha na cara!"

O rachado acalmou o Tenente, pulou do cavalo e pediu que lhe esperassem na quitanda. Entre os fumos dos cigarros que subiam, o povo olhava divertido a mulher que praguejava contra o cavaleiro alquebrado. Gambé puxou

Francisca com a mão esquerda, envergonhado. Arrepio na nuca. Recordações dos tempos idos. Qualquer sujeito que não lamente quem foi no passado não aprendeu lição alguma com a vida. A juventude é uma fase que os homens deveriam passar presos na coleira.

"Tá doida, Chicão? Que fuzuê é esse? Que que eu te fiz, muié?"

"Que fuzuê o quê, cabra safado? Não lembra da minha cara? Dos meus peitos? Dos meus lábios que pintei só pra tu? Não lembra daquela noite que a Captura voltou pra Desamparo depois de mandar um monte de inocente pra vala, se lambuzaram de cana, e tu veio cheio de graça pedindo pra pousar na minha rede? Tua noiva que não gostou, né? Depois quem pagou o pato fui eu."

"Francisca!"

"Francisca que o quê? Agora quer pagar de mocinho? Dizer que Galinha é herói? Esse homem é violador de donzela e assassino de pai de família, isso que é. E tu ainda dizia que era diferente do resto... Rá! Boto boca minha no mundo, tá ouvindo, Gambé? Caço um desses repórter, da capital, que inventam verdade pra vender jornal e desfaço da Captura em desenho de letras que mata mais que arma tua."

"Francisca, pelo amor do Criador, que que mecê quer de mim, criatura?"

"Faz o que tu quiser, mas não venha me dizer que tu tem juízo e coração, isso tu nunca teve. Não teve quando era inteiro, imagina agora que perdeu a metade. Tudo que tu tem é uma vaidade imensa e um instrumento pequenininho..."

"Achei que mecê tinha gostado dos meus carinhos. De todos Captura, sempre fui o único que preferiu a lábia que a luta. Mecê não disse que me queria? Não me disse pra não deixar nunca a tua rede? Não te forcei foi nada, diacho, vamos, não invente, Chicão."

"Quando a corda arrebenta é sempre a mais fraca que se esfola. A cidade é pequena, o povo fala... Eu tinha um trabalho; perdi. Tive que sumir de Desamparo e cair pra Presidente Pena. E, agora, com esse moleque abestado, quem provê?"

"Te dei o dinheiro que mecê pediu. Que mais quer? Só estivemos juntos uma vez e nada mais. Te peço desculpa se meus carinhos causaram dor, nunca tive intenção."

"Vocês nunca têm intenção. Só querem o bem pro mundo e aliviar as vontades dentro da gente."

"O que mecê quer de mim, desgraça? Me quebraram, não vê? Quer dinheiro? Quer um emprego na Força Pública?"

"Quero que tu nunca mais faça pra outras o que fez pra mim. Plante algo de bom. Se tu tem juízo mesmo, que nem o Galinha falou, tu vai fazer isso. Olha, Gambé, Cabra Rachado, seja lá quem tu é... eu estoco farta raiva dentro de mim, mas ando cansada de odiar."

E cuspindo no chão picou a mula, puxando o garotinho pela mão, como se falasse com um fantasma. "Que pedaço de mim aquela tempestade levou?", pensava Gambé, enquanto repassava os acontecimentos longínquos na cabeça, tentando lembrar-se onde tinha errado tanto. "Sujeitinha maluca..."

Pensava no Galinha, no Serelepe, derrubando virgem na capoeira e abandonando chorando no mato. Ele sempre com palavreado doce e mimos — sempre ouvindo o que elas tinham para contar. Ele que não tivera nunca a vida fácil, que nascera pobre, que entrara para a Força Pública para fazer alguma coisa de boa e útil da vida. Que sabia que não era ruim que nem os bandidos, que multiplicavam-se no sertão. Saiu com uma raiva que não distinguia se era dele ou dela. E aquele moleque atrasado que acompanhava a bruxa grisalha? O abestado ria para o Gambé... Por quê? "Não sou dentista, nem palhaço de circo." Ria um sorriso besta, a bola de ranho se inflando na narina direita, as costelas magras se abrindo para a pança inchada. "A sujeita não tinha envelhecido, tinha apodrecido." Cada um sabe a cruz que carrega, agora a culpa do mundo era dele? "Se fosse o Galinha em meu lugar tinha capotado a fubanga no soco. Tinha dado um jeito de não ir na frente pra tapera do Cara de Cavalo, cheio de dinamite, com Tião Ioty. Tinha deixado o Cuiabano ser enrabado pelo Tenente. Tinha, tantas vezes, pegado o fruto do pé sem pedir permissão pra entrar no pomar." Mundo doido e desconcertado; as verdades dando cambalhotas de cabeça pra baixo.

Montou o Fantasma, seguindo rastro da Captura. Já não estavam no ponto acordado. Diacho. Lhe indicaram uma picada para os lados do tal Laranjal, um pomar estufado de frutas. No ribeirão, vadios pescavam pacu — peixe de olho torto e papo amarelado. Apontaram onde tinham ido os policiais uniformizados. Céu limpinho, limpinho; ar seco, boca rachada. Em cima, aquele azul sem nada lhe dava agonia. Ao lado, cafezais na beira da estrada; mar de mato. Verde vivo. Fazia tempo que não cavalgava só. Agonia lhe fez lembrar dos versinhos do boi queixoso, o final era doído demais: "Corri meus olhos pra baixo, pra ver meu sangue correr. Adeus, campo! adeus, terra, pra nunca mais eu te ver!".

"Tá chorando, Gambé?"

"Cuiabano, compa, onde esteve?"

"O Tenente tem um faro terrível pra bandido, não tem, compa? Estava no estradão quando deparou com uma biboca. Se invocou com ela e já chegou sacudindo os moradores. Roceiros. Pretos igual nóis. Igual eu, que cê tem essa cor que num tem nome. Apavorados, cantaram em que cerrado se escondia um tal matuto, que portava relógio bonito e passara por ali pedindo farinha. Rumamo pras banda indicada e demo de cara com o salafrário de bunda pra cima, lenço na cabeça, admirando o relógio. Apanhou tanto que vortô carregado. Quase que Galinha lhe enfiou o relógio no curanchim. O Galinha falou que o outro assassino é nosso, viu? Pra gente garrá logo, senão a relha estrala. Pombeiro cantou que ele tá lá na palhoça do calabrês."

"Tá certo, Cuiabano, tá certo."

"Tá tudo em riba memo, Gambé?"

"Tô fodidão, mas tô de pé. Firme igual prego na areia."

Gambé e Cuiabano cavalgando lado a lado. Eram dois agora: um novinho, o outro estropiado. Gambé voltando a sentir a moleza da alma, o bolorzão lhe cobrindo, a mão derretendo gelada, a vontade de descer do cavalo e ficar enfiado num buraco da terra igual tatu. Foi lhe dando raiva de tudo: mulher, Galinha, seus pais, o Wa'uburé Vermelho. Ainda pensava nas pragas de Francisca, bruxa carcomida. Os pensamentos fazendo círculos na cabeça, rodopios infinitos.

"Que foi, Gambé, tá com a alma espinhosa?"

"Nada, não, Cuiabano, mecê é muito novim pra entender."

"Foi a mulher magoada, né?"

"Né nada, não."

"Aquela lá não superou você, compa. Te digo a verdade: se o que cê fez foi só o que ela falou, desculpa, mas a culpa da vida dela ter estancado no lugar é dela mesmo. Aquele filho feio não é seu. Povo esquece, mas os véi ensina: pra existir carece ter fibra, vontade louca de arrancar todas pedras da estrada, chutar longe, limpar terreno. Ou não? E há de se ter essas ganas todos dias, Cabra Rachado. Não adianta dar uma carreira hoje e se cansar amanhã. Existir é longa guerra. Destino nosso com a gente nasce e morre."

"Cuiabano, tá amadurecido, hein? A esperteza tá esbrangindo da tua cabeça, compadre."

"Tô mentindo?"

"Tá certim, carai, apreciei demais tua prosa. Tem coisa que só hómi se entende."

No caminho passaram em frente de uma capelinha humilde — toda pintada de azul e branco — com meia centena de santos de cera, cuja inépcia dos artesãos que os moldaram impediam que se distinguisse entre são Judas Tadeu e Judas, o traíra. Alheios a esses detalhes estéticos, uma mulher de fé e seu filho rezavam, ajoelhados nos problemas grandes da gente pequena. Gambé, obcecado, imaginou, a só por só consigo, que a mulher ali era Francisca Chicão, a tal que lhe excomungara, a da boca do inferno. Diante do cruzeiro de aroeira fincado no pátio de terra, Cuiabano fez um sinal da cruz destrambelhado. Ouviram a criança perguntando à mãe sobre um menino santo que nascera do vento e chorava cristais. Crendices. Rumaram.

"Dos santos os que mais gosto mesmo são o Cosme e seu Damião."

"Brinca comigo, Cuiabano?"

"Por que essa de brincar, agora, Gambé?"

"Mecê tem simpatia pelos mesmos santinhos que Mãe era devota."

"As festas das crianças são as mais bonitas."

"A vida é invertida desde seu princípio, mecê percebe bem? Começa bonita pra enfeiar depois, principia doce pra seguir amarga; esperança-se e murcha."

"Nem tudo eram primaveras na infância minha, compadre. A mãe era sempre quieta e pouco havia em casa, mas o Cosme e seu Damião bem valia o ano."

"As crianças são bênçãos..."

"Um dia cê casa com alguma doida e tem os seus, Gambé."

"Não tenho mais tanta vontade de casá, compadre, mas uma cria, um dia desses, eu bem que gostaria de plantá."

"Num sei se vale a pena condenar alguém à vida, Gambé. Isso de habitar o mundo é dura punição. Mas também penso muito nisso."

"Nisso de quê?"

"De multiplicar-se."

Cheiro de porco e porcaria. Lenço no pescoço, bigodinho fino, calça dobrada acima da canela: mal adentraram a pocilga do calabrês, deram de cara com um marginal que era a descrição do matador procurado, cuspido e escarrado, pitando cachimbinho de barro.

"Se arranchô bem aí no poiso do calabrês, hein, canaia?"

"Te dei confiança, aleijão?"

"Respeita o Gambé, vagabundo. Sabemos que cê matou o filho do Coronel Ferraz na paulada. Levanta e anda, miseráver! Senão..."

"Senão o quê, pau de fumo? Puxa-saco de rico. Cês até pode prender, mas se tentar bater..."

"Pau de fumo?" Gambé nem deixou o desconjuntado completar o infortúnio. Arrebentou-lhe a dentadura com a botina. Cuiabano apeou do cavalo com o Cabrunco no corpo. Deu com o rabo de tatu no miserável que chegou a faltar ar. As pranchadas estalavam cacete bom. Quando o Tenente Galinha chegou no sítio para levar o tranqueira, Cuiabano quase que não conseguia falar, tão suado que estava. Seus punhos sangravam. Amarraram o assassino no quintal e moeram de mais pancada até deixar mansinho.

O populacho recebeu Tenente Galinha como herói. Ouviram-se sessenta e seis tiros de bacamarte para o alto, duas horas de discurso dos políticos locais e sete minutos da fanfarra tocando o Hino Nacional. Sete minutos, sim, porque depois de tanto falatório político o povo pediu bis da fanfarra que teve que repetir o hino da pátria para uma massa que já arriscava passinhos de dança, tal qual forró patriota.

Leitoa frita pro Tenente, pinguinha de Paraty para a tropa. O Galinha explodia de satisfação. Ao seu lado, na mesa dos coronéis, só o Promotor, cuja pele branquíssima avermelhava-se ao sol. Apertou a mão do delegado e do Coronel Ferraz. Ganhou legumes dos sitiantes. "Comigo é assim. Chego, procuro, acho e prego o couro. Agora esses não vão mais amolar vocês."

Gambé, Cuiabano, Serelepe e Boca de Fogo sorriam à distância. A mão esquerda do policial partido ao meio chegava a doer de tanto cacete distribuído, mas a aventura corrida ao lado do novato mostrava que algum coração ainda habitava seu peito rachado.

6. Trinta ciganos

"Bamo, negada! Cambada dus inferno! Temo que vortá pras banda de Pontal!"

Gambé roncava sonhando com o braço perdido, e as trevas ainda cobriam a terra, quando a gritaiada lhe arrombou o olho bom. Os planos haviam mudado?

"Tem um mundaréu de cigano aprontando o diabo nas beira do córrego. Roubam criança, cavalo e a cambulhada toda. Serelepe, nego à toa, apruma as tropa. Gambé, cadê o rancho, demônio?"

A voz do Tenente irritava Gambé. Bexiga cheia, cabeça pesada. Curiango piando resistente: "Amanhã eu vou, amanhã eu vou!". Sonhara que sua mão direita corria na frente ágil e ele vinha estropiado atrás. Trocaria uma das pernas para ter aquele braço perdido de volta. Policial sem mão direita é galinha que parou de botar. Pode torcer o pescoço e preparar a canja.

"Bora, macacada! Acertamo nossos assunto com Desamparo depois."

Gambé fez sinal de desagrado para Cuiabano. Desse jeito nunca chegavam às terras do Coronel Manoel. Olhou fixo para a mão esquerda, contando os dedos. Eram cinco, ainda estavam lá. Movimentou-os lentamente como que para certificar-se do fato. Pele seca, unha rachada. Um cheiro bom flutuando pelo orvalho; Boca de Fogo passava café preto. Esvaziou a bexiga num tronco retorcido de aroeira. Cuiabano se aproximou, o que levou Gambé a tentar encobrir as vergonhas com a mão. O jato de mijo quente dos dois, lado a lado. Gambé contou as pimentinhas-rosas da aroeira, que lhe lembraram um exército de olhinhos sangrentos. Fez o sinal da cruz por reflexo.

"Deus é consolo de gente triste", disse, envergonhando-se do gesto.

"Mas desde que o mundo é mundo se fala em Deus."

"Isso não quer dizer que Deus exista, Cuiabano, quer dizer, apenas, que a vida sempre foi uma bosta."

Gambé afastou-se do novato e se pôs a anotar alguns números no caderninho, números que relacionava com o sonho daquela noite. Depois escovou o Fantasma, enfiou o pé no estribo metálico e montou seu cavalo branco. Por um tempo, calou-se tentando contar os mosquitos. Parecia que aonde ia, aquela nuvem alada, zumbizando no ouvido, perseguia atrás. Gambé recordou do sonho. Sabia que o Galinha se interessava pelo assunto.

"Escuta, Tenente, tava eu adulto, inteiro, sentado no sítio dos meus pais, lá em Mato Grosso, olhando pras saúvas no chão. Fui levantando os olhos e deparei com duas mãozinhas de criança ensanguentadas em cima do musgo verde. Conferi minhas mãos, adultas, e estavam decepadas. Gritei 'socorro' pra Mãe, mas ela disse que eu tinha que apanhar as mãozinhas de criança sozinho. Apanhar como, se eu tava aleijado? Depois passei o sonho perseguindo a mão que me falta e ela veloz na frente. Tem lógica?"

Galinha ouviu o sonho de Gambé calado. Ficou pensativo, olhando para as mãos grandes moldadas pela lida. Chão em brasa, costas molhadas. Pensou na mãe, portuguesa severa, e, depois, no que estaria fazendo Benedita àquela hora na capital. Diziam que a mulher já se deitara com mais homens do que os dentes que jacaré leva na boca. Não gostava de ficar sozinho com seus pensamentos. Por sorte, Promotor não era bom em sustentar o silêncio por muito tempo.

"Quando fez-se o Brasil num dia quente de abril", disse o magistrado contente em ouvir sua voz fanha, "fez-se uma nação anárquica, como essas que os italianos querem inventar agora."

"Lá vem maçada..."

"Não dirijo minha prosa ao senhor, caro Gambé. Não me assusto que ela o entedie, mas prossigo: não estabeleceu-se nesta colônia qualquer governo central, compreende, Cuiabano? A divisão das sesmarias, na prática, originava uma dúzia de reis, de senhores feudais que concentravam em suas mãos todo poder, inclusive, meu caro, o de vida e de morte."

"Uai, não era assim que era bom, Promotor?"

"Cuiabano, caro, assim, na práxis, não havia divisão de poderes. Os senhores de engenho eram juízes, advogados e algozes de seus súditos. E, microscopicamente, isso se repetia nos sertões, onde cada homem levava seu seguro amarrado na cintura. Cada um por si, Deus nenhum contra todos."

"Cada qual cuidando de sua vida e tirando olho de quem lhe tomava olho?"

"*Corvus oculum corvi non eruit*. O problema, Cuiabano, é que em tal estado anárquico prepondera a terrível lei do talião que nos conduz a uma permanente guerra civil. Ciclos de vingança são fecundados a cada morte."

"Cuiabano, mecê bem que podia tocar aquela moda de viola, pra nóis, hoje, não?"

"Que moda de viola, Gambé? Estou tentando acompanhar o raciocínio do Promotor, compa!"

"Pois então, jovem amigo, os tais ciclos de vingança: se alguém assassina-lhe um irmão, por exemplo, você deverá vingar o próprio com suas mãos. No entanto, assim que você assassina o assassino de seu irmão, você torna-se, também, um assassino. Será, certamente, perseguido pelos parentes do novo morto, que vão matá-lo, exigindo-se que os seus o vinguem ad infinitum."

"Promotor, cê num acha que hómi largando mão dos instinto, dos direito, creditando muito nas modernidade, essa coisada toda... que ele vai cabar se acabando?"

"Nobre Galinha, boa questão, mas, observe, estudei as leis, fiz parte do sistema, venho do jovem Paraná onde se resolvem as coisas na bala. Afirmo o que afirmo com a experiência insubstituível de quem viu os dois lados ou, para mantermo-nos no imortal latim: *veni, vidi, vici.* Precisamos confiar no Estado, abrir mão de nosso direito sagrado da violência para que o Estado, esse Hércules da temperança, julgue os crimes e os puna como pai justo que deve ser."

"Sei não, doutor..."

"Vocês, Tenente, ou melhor, nós, que andamos contigo, nós somos a espada do Estado. Nós somos as mãos da justiça, compreende a beleza da coisa? Se não nós, quem?"

"Ara, Promotor, mas e o resto do povão? Tudo boi castrado ingual Gambé?" Serelepe não se conteve com a fala de Galinha e explodiu em gargalhada. O Tenente prosseguiu. "Sem nossas ganas a gente num fica como que sem bago? Veja só o que diz tua ciência, em pleno ano de 1912: parece que os povo mais primitivo são os que mais copulam, enquanto os doutor da Europa preferem mais falatório que as brincadeira com muié."

"Nunca havia visto a questão sob essa perspectiva, Tenente. Sempre acreditei que a contenção dos instintos levasse a uma elevação, como pregavam os gregos. Mas, talvez, tal contenção funcione melhor apenas com a pequena parcela de mentes elevadas que comanda o destino das nações e não para o vulgo. *Veritas lux mea.* Que acha?"

"Tá lá a vila", Gambé, contrariado com as piadas e a prosa, avisou o Galinha. "Podemos nos aprontar, meu Tenente? Ou vamos esperar?"

"Esperá nada, Cabra Rachado. Bamo sabê onde tá a ciganada e rumamo pra ação. É pra acabá cum eles, hein?"

Poeirão voando alto alertou chegada fúnebre; povo alvoroçou. Só homem na rua. Mulherio todo escondido nas malocas. Pavimento de terra, meia dúzia de carroças circulando, coreto pintado em três cores e duas igrejinhas para dividir todas as almas da cidade. Cheiro de torresmo fritando no ar. "Cadê a ciganada?" Andavam acampados no porto João Nobre, na beira do rio Pardo, mas parece que se desesperaram com a notícia de que a Captura se aproximava. No centro só tinha ficado um tal de Manfried — bandido, arrombador, escruchante —, acampado na praça, em frente da capela, a única dedicada à santa Sara Kali no país. A carroça tinha cores que Gambé desconhecia. Nariz largo, brinco na orelha, cabelos negros compridos como os de mulher ou de kaingang. Manfried trajava camisa vermelha coberta por colete preto, calça remendada e bota desgastada. Não sorria, o que retardou a percepção de que os poucos dentes que tinha eram de ouro indiano. Atarracado, mais bochecha que pescoço, na cintura a faca de prata com rubi de adorno. Atrás dele, Pušomori, uma mulher de pele oliva e lenço no cabelo, a medalha de Nuestra Señora de la Esperanza pendurada no pescoço. Pušomori olhava para a tropa de policiais e lhe cochichava verdades nos tímpanos. Apontou para o Galinha, sussurrou algo a mais. Quando a Captura se aproximou, Manfried disse pausadamente com sua fala anasalada: "Pušomori, sarta de banda que o caldo agora esquenta, vai, *asdeulês*". E, então, para a tropa:

"Tenente Galinha!"

"Te dei intimidade, macaco safado?"

"Teu filho Pretextato vai bem, *gadjô*?"

"Como sabe do meu fio?"

"Sei que a saúde do menino degringola, Tenente. O destino não vai ser gentil com ele."
"Arre que lhe dou surra de relha, bruxo nojento."
"*Erto*, e Benedita de Oliveira?"
"Não ouse!"
"Abre teu olho, *gadjô*: cuidado com o peso na cabeça. O fogo em Benedita queima forte; vai ser tua perdição."
"Cê sabe cum quem tá falando, cigano? Eu sou a lei! Vô garrá aqueles teus comparsa e..."
"*Erto*, o que cê vai fazer tá escrito, coisa-ruim. Vá lá que tu é macho aqui fora, mas em sua casa sei quem manda e quem lhe adorna com galhada farta. Já deu sua hora, chavelhudo!"
"Arre, cambada, vamos queimá o acampamento dessas mundiça. Deixa esse macumbeiro aí que ele tá doido e matá doido dá azar."

Foi-se a tropa levantando poeira. Benedita de Oliveira, a mulher que Tenente Galinha amava demais, tinha uns olhos estupendos. Gambé estivera em sua presença em um São João, lá em Barretos. Esperta. Gambé só lhe falava com a cabeça baixa, sem mirar nos olhos. Parecia que enfeitiçava a tropa. O Tenente não desgrudava de Benedita nunca. Ia deixar o cigano falar daquele jeito atrevido? Até sujeito valente quando é corno amansa. Gambé ficou olhando pro Manfried devagar. O corpo partido ao meio era naturalmente lento. Pušomori lhe dirigiu algumas palavras em romani, achou que ela ia se oferecer para ler buena-dicha.

"Gambé, Cabra Rachado, *sar san*?"
"Te conheço, judeu?"

"Se quisé voltar a ser homem, cê sabe o que fazer. Está escrito. Tua dignidade não é fácil de reaver, não. Tua metade tá perdida no mundo, fugiu da tua covardia. Ou cê mata o Galinha ou seca vazio."
Gambé olhando para aquela figura colorida: dentes de ouro reluzindo o sol que rege o oeste. Aquele não tinha medo nenhum, nem Pušomori. Como? Tem gente metade e outros dobro. Esporeou o Fantasma e saiu de lado. O olho bom não conseguia desver aquela mina de ouro em boca murcha. Homenzinho atrevido, o Manfried... Matar o Galinha? Só com a mão esquerda? E o resto da cambada? Apressou o trote. Nem se tivesse pacto com o Cramunhão. A cabeça fazia planos: propor parceria para o Cuiabano, sair da Força Pública, ir tocar gado no Goiás — ter uma vida, enfim. Quando alcançou o bando, viu o Galinha cor de sangue, serpente explodindo no pescoço, cuspindo palavras — os olhos injetados. Eram uns trinta roma, com as trouxas de roupa na cabeça, atravessando a parte rasa do rio no desespero. Fila de panos coloridos com os pés no lodaçal. Tinham deixado as carroças e os sapatos para trás e agora eles queimavam. Uma boneca de sabugo em brasas. Jumentos relinchando, crianças nas costas dos pais, mulheres de mãos dadas com velhos. A água batendo no peito, os pés descalços esmagando conchas de caramujo. Todo o povo se jogara nas águas lodacentas para escapar do Galinha. Tinha uma nenenzinha que não ficava quieta e a mãe lhe enfiava o dedo ossudo na boca, olhando para trás desesperada para ver se o Galinha mudava de ideia. Mas a tropa estava ajoelhando na beira do rio e fazendo pontaria. "Nana, nenê,

que a Cuca vem pegar." O primeiro do clã botou o pé no outro lado do rio. O Galinha mandara Manoel do Saco e Bororó cercarem pela outra margem. Os ciganos não acreditaram. Erguiam as crianças para comover os soldados. Quando Gambé alcançou a beira, começou a fuzilaria.
"Fogo, macacada! Firma a pontaria que o alvo é bão!" Tiro de 44 para tudo quanto era lado, a Winchester cantava. Cabecinhas morenas explodiam jatos de sangue, batiam na água esguichando e ficavam boiando acompanhando os corpos sem vida. A mãe da nenenzinha andando mais rápido. Sem chance. Os anciãos entrando na frente das crianças. Corpos desaparecendo nas águas escuras do rio Pardo. Uns três chegaram do outro lado do rio. A mãe quase conseguiu. A bebezinha berrando sem som. Rio vermelho. "Fogo, cambada!" Calor das carroças queimando, os animais magros coiceando na água. Serelepe não errava uma bala. A cabeça da mãe boiando. Mosquitaiada faminta. Urubus no céu. O Galinha de costas para Gambé gargalhando feito doido. O Cabra Rachado apanhou um sapatinho de pano do chão, pezinho de bebê. Pendurou com um cordão no pescoço. O bigodão loiro do Tenente cheio de cuspe: "Imagina se tivesse piranha no rio?". Serelepe, banguela, chegando com uma adolescente morena cheia de ouro nos dedos.
"Hoje trabaiaram direito, seus nego à toa. Chega, gente. Os gringo já levaram a lição. Aqui eles num volta mais. Prepará pra voltá. Vambora. Tá bão, Serelepe? Tá esperto, hein, nego? Safado..."
"Olha só o que achamos na mata, Tenente."
"Eta, cambada, muié ajeitada, hein?"

A rom morena era uma estátua de medo. Gelada. A saia colorida, o dente de prata, os olhos jabuticaba. Catorze anos no máximo. Bororó segurando-a pelos braços, Serelepe rasgando a saia. Gambé reparou que ali havia um exército de cigarras a servirem de testemunhas da chacina.
"Para, Serelepe, que essa aí vai ser do Cuiabano."
"Do Cuiabano, Tenente?"
"A gente precisa cuidar do menino pra modo dele não virá baita, né, Cuiabano? Arrie as calça e aproveite meu presente."
Cuiabano, novinho, paralisado com a arma quente na mão. Os olhos tão aterrorizados quanto os da cigana. Ela olhando pra ele, muda. O Promotor calado parecia menor do que antes. Cigarras estridulando alto em seus jogos de sedução. A saia em fiapos.
"Como é, Cuiabano, vai ou num vai?"
O horror refletido no espelho das íris. O macho da cigarra, depois de assumir a forma adulta, vive só um mês, não pode perder tempo. Antes disso passa anos como larva, rastejando no oco dos troncos, chupando seiva de raiz. Cuiabano e a cigana. As cigarras-machos cantam altíssimo para atrair as fêmeas.
"Serelepe, acho que cê tá certo, o Cuiabano é baita. Pegu..."
Tiro seco. A barulheira das cigarras calando os pássaros. A arma do Gambé arrebenta a cabeça da adolescente, que despenca para trás. O corpo dela nas mãos do Bororó repentinamente pesado. Gambé olha para baixo, uma casca de cigarra seca e esbranquiçada. O Tenente Galinha quieto. Olha

para o Cuiabano. Olha para o Gambé. A jovem jogada no chão. Os olhos apertados. Galinha explode em gargalhada.

"Arre, cambada dus inferno, bora pra Desamparo!"

7. Adição

Lodo pegajoso coberto por conchas de caramujo no fundo d'água, mas não importa. Banhar-se o máximo possível, inflar os pulmões com ar, fechar os olhos, segurar a respiração e submergir de novo. Completamente nu, os músculos jovens tentando relaxar quando nas profundezas daquelas águas residuárias. Cuiabano abraça as pernas e encolhe-se de volta a algum útero. Pensa se é possível não mais respirar. A escuridão e o silêncio o acalmam. Alterna a rotina de submersão com um esfregar constante dos braços, rosto e pernas.

"Achei que mecê não subia mais, que tinha se afogado."

"Me criei com os pintados, Gambé. Filhote de peixe, lembra não?"

"Ficar tanto tempo assim n'água não cai bem, Cuiabano."

"Ainda tem pedaço da cigana em mim, Gambé? Tinha sangue demais garrado em meu cabelo."

"Já te disse há um tempão atrás que mecê tá limpo. O sangue no seu braço é de tanto se esfregar, por que mecê..."
"Por que você matou a menina, Gambé?"
"Mecê não ia conseguir..."
"Eu?!"
"E, se conseguisse, Cuiabano, mecê ia tá perdido pra sempre."
"Pelo menos a menina ia estar viva..."
"Talvez fosse pior."
"Eu ainda tenho os pedaços dela em mim, Gambé. Ainda tenho aqueles olhos vivos e vidrados me mirando. Eu sinto... Eu sinto o cheiro de morte no meu couro. Esse cheiro não me deixa. Não entrei na tropa pra isso, eu precisava... Achei que ia ser tudo mais fácil e rápido. Preciso lavar aquela cigana de mim."

As unhas de Cuiabano, cravadas em sua própria pele jovem e macia, abriam pequenos rios de sangue que desaguavam nas águas lodacentas. O recruta descontrolava-se. Precisava ser resgatado ou enlouqueceria. Se lá estivesse, talvez Boca de Fogo conhecesse alguma erva que sua mãe usava pra acalmar ânimos: lavanda ou cidreira. Gambé tocou no sapatinho de bebê que levava preso ao pescoço. Arrastou, então, o corpo alquebrado na direção do companheiro, arrancou a camiseta desajeitadamente, entrou no ribeirão e abraçou Cuiabano firme até que o jovem acalmasse a respiração descontrolada. A princípio, Cuiabano tentou reagir ao abraço torto, mas acabou se entregando. Expiração lenta e prolongada. Sentia o peito forte e carregado de cicatrizes do companheiro de trinta e quatro anos colado ao seu. Seu cheiro de suor era um abrigo. Gambé tinha o dobro de sua idade, o olho que lhe restara era uma jabuticaba curiosa, sempre inquirindo o universo. Cuiabano, filho de mãe desgraçada, não conhecera o pai, aliás, poucos homens mais velhos haviam lhe ensinado algo que prestasse. Gambé era dos raros que parecia preocupar-se com ele de verdade.

Céu limpo, horizonte próximo, vento nenhum e calor--fornalha. A terra como útero. Quem nasceu e viveu no oeste sabe. Cuiabano, enfim, sentiu o cansaço que castigava seus ossos e músculos. Então, os dois homens caminharam apoiados um ao outro, notando as solas dos pés e os dedos mergulhados na lama, esmagando o calcário dos exoesqueletos de caracóis fluviais que empesteavam aquele ribeirão de águas escuras. Cuiabano atirou-se, nu, na primeira gleba seca de margem e desmaiou em um sono profundo, em meio a tiriricas e capins diversos. Gambé observou o companheiro dormindo sob o sol das quatro horas da tarde, as mãos e os pés grandes, os cabelos crespos gotejando, o jogo de sol e sombra banhando os músculos do abdômen. Contou cada gomo da sua barriga; pares. Lembraria daquela cena em um dia mais triste. O amigo tinha cara de casa.

Quando deu por si, Gambé foi esticar as redes e conseguiu convencer Cuiabano a levantar-se, vestir a calça e deitar--se no melhor leito que a estrada permitia. Fez uma fogueira com gravetos e galhos caídos e contentou-se em observar o semblante trágico do companheiro. O cheiro de madeira queimando era agradavelmente adocicado. Pensou no boato que ouvira, em Presidente Pena, sobre um menino santo que operava milagres. Ainda sabia rezar? Alguns vaga-lumes e estrelas eram testemunhas de seus desejos. Não conseguiu deitar em sua rede, ficou acocorado até as pernas formigarem, diante do leito suspenso do outro. Quando teve certeza de que Cuiabano não despertaria, colocou sua mão sobre a mão dele e fechou o olho vivo.

Cuiabano despertou assustado:

"A cigana..."

"Está morta, compadre."

Gambé temeu que o jovem delirasse de novo, que seu juízo fosse completamente estragado pela ação do Galinha. Teria que matar o Tenente caso isso de fato ocorresse, cumprir o desafio jogado por Manfried e Pušomori. Teria coragem? Com uma mão só? E não era apenas o Tenente... A Captura era um bando. Poderia contar, talvez, com a cumplicidade de Boca de Fogo, seu velho amigo. Eram compadres desde recrutas, fazia dezessete anos, a idade aproximada de Cuiabano. Mas havia o resto da tropa, cambada dos infernos. Serelepe, o mais feroz, era o cão fiel do Galinha, seu ajudante de ordens, nunca iria trair o sistema. Bororó era parrudo, Manoel do Saco ardiloso, Zé Pintinho não perdia tiro. Enfrentaria um exército inteiro daqueles sozinho? Desafio espartano.

Antes de Cuiabano despertar agoniado, Gambé tivera tempo de cozinhar quatro ovos moles para o desjejum e preparar o café adoçado com rapadura imitando Boca de Fogo. Tudo simples, mas bem cuidado. Iam alcançar os outros policiais perto de Jaú. Esperava não retornar com aquele moço jovem, forte e bonito enlouquecido. Desperdício de vida seria aquilo.

"A cigana..."

"Está morta, compadre."

"Hoje sonhei com o coelho de minha mãe."

"Coelho?!"

"Foi, Gambé. Minha mãe era de falar pouco, sabe? Na verdade, ela não dizia nada; fazia. Então, chegou um dia, no sítio, com aquele coelho, Cinzento. Eu nunca tinha visto nada tão bonito, o animal felpudo se tremia o tempo todo mexendo aquele narizinho molhado. Rápido como o diabo, ligeiro mesmo. A vida é tanta secura, tanta falta, tanta sede... Mas em alguns momentos há dessas águas, não há? Quando passei a mão nele a primeira vez, meus dedos finos de moleque de seis anos afundados naquela maciez, quando minha carcaça seca penetrou aquela pelugem macia, quando houve aquele encontro foi que descobri que alguma felicidade havia."

"Coelho no Pantanal, Cuiabano? Essa é boa!"

"Foram uns portugueses do rancho vizinho que inventaram de criar coelho pra vender, acredita? Eu não sabia pra que servia aquilo. Já tinha visto a mãe matando galinha e porco, mas coelho? Parecia uma ratazana, só que não dava nojo. Era o efeito contrário. Você acariciava o bicho e ficava como que amolecido. Alegria era aquilo? Como quando eu nadava nos rios, fechava os olhos e me esquecia no líquido nada, borbulhando qualquer paz."

"Mecê nada como peixe, mesmo, Cuiabano."

"'É pra mim, mamãe?', perguntei. Ela riu infeliz. Vi a tristeza na cara dela e pude antever o fim daquele coelho. No outro dia estava mergulhando no riacho com o filho do português. 'Pra que teus pais criam aqueles bichos? As pessoas compram para ficarem mais calmas?' O filhote de lusitanos gargalhou da cara minha. 'Conversa de baita!', disse ele. 'Coelho é uma iguaria rara. Tua mãe vai assar no Natal e você vai comer esse bichinho teu.' Comer o Cinzento? Eu? Sem chance. Era como comer uma criança minha. Um ato espúrio. Creio em Deus Pai, comer um companheiro nosso? Eu não. Saí do rio ainda nu e..."

"Mecê e o português nadavam nus?"

"Pergunta sem sentido, Gambé, como é que nóis nada, compa? Arre! Mas, então, saí do rio ainda nu, pingando e pulando, em carreira intensa. Cheguei na casa de mãe — que estava roçando sozinha, sempre calada, sempre ferida — e disparei a implorar pela vida do Cinzento. Apanhei por correr nu feito guarani e apanhei por querer que ela poupasse o Cinzento. Pra mãe, coitada, aquilo era um quiproquó sem sentido. No sacrifício, ela comprara o bichinho como um prato especial para nós cear no Natal. Era rara alegria pra ela aquilo e, do nada, eu vinha com essas manhas, com esse apego. A alegria da mãe suvertera por causa minha."

Uma brisa súbita quebrando o império do mormaço. Os cafezais verdes, monótonos, espalhando-se pelo horizonte, gingando lentamente. Urubus de penas negras e cabeças calvas rodopiando no céu atrás de cumprir sua missão na Terra, que é limpar os campos da morte e abrir espaço para os vivos. Os cupinzeiros gigantes como que cidades fabris abarrotadas de operários. Gambé olhava ao redor com o único olho que restara. Parecia faltar algo naquela harmonia selvagem, um vazio espetava-lhe. Tocou o braço fantasma, vontade de um abraço. Consolar o companheiro que parecia incompleto também. Mirou outra vez o céu em busca dos urubus. Haviam mergulhado em direção a uma carcaça de vaca desgarrada. O futuro dos que fogem do destino-rebanho era aquele da vaquinha? Ora, não chegava a ser ruim. Talvez o momento do risco valera a liberdade temporária do correr pra onde quisesse. Seguir na contramão talvez compensasse a morte solitária, mas sem cabresto. Inspirado pela visão, Gambé arriscou:

"Nem sempre a gente enxerga o que se passa na cabeça dos pais, Cuiabano, não se zangue com a mãe sua. Acredito que não vamos passar a vida perdendo os nossos. Essa sina há de acabar, viste? É possível viver outras vidas nestas mesmas terras. Imagine se acaso eu e mecê nos juntamos para criar gado em Goiás onde as terras ainda são muitas e baratas? Imagine viver uma vida em que o Cinzento não precise acabar na panela? Eu tenho fé que..."

"Do que cê está falando, Gambé? Mesmo com todo o sacrifício a mãe não matou o Cinzento, não. Aquele coelho viveu mais nóis, por nove anos, até morrer de velhice, mais branco do que cinza. A mãe era uma santa, uma rainha. Tudo que pôde ela fez por mim, filho seu. E eu faria qualquer coisa pra tirar as dores da vida de dentro dela. Qualquer coisa."

8. Quatro moídos

Rochas basálticas em decomposição há milhares de anos, temperadas por óxido de ferro, fazem deste solo úbere um infinito avermelhado. Marchando para o oeste, rumo a Desamparo, a fértil terra roxa anunciava que a tropa chegaria à região de Jaú. Era encostada ali que ficava Mineiros do Tietê, vila bem conhecida pela Captura, onde Tenente Galinha tinha sapecado o couro do Chico Setembrino e seus filhos, entre outras famílias de meliantes. Parente de bandido, para o Galinha, bandido era. As mulheres, então, Gambé não gostava nem de lembrar. Galinha e Serelepe eram terríveis. Principalmente o do sorriso banguela. Há uns dois anos, quando passaram por Mineiros, Serelepe chegou na chácara de um foragido. Só viu a mulher e as três filhas carregando latas d'água na cabeça e pensou: "Quanta muié! Tá bão, tá bão". O ladrão de galinhas não estava. Depois foi a júri, pagou o que devia, mas nunca perdeu o olhar morto de quem viu a desgraceira que Galinha e sua Captura aprontaram com suas meninas.

Chuviscava. Tenente estava de cara fechada, ruminava rancores, enquanto seu alazão trotava. Pensava na Benedita. Galinha contara que havia conhecido um rapaz em Barretos, tal de Israel. Simpatizara com ele e o levara para a capital. O sonho do moço era ser polícia, idolatrava o Galinha, tinham um grande amigo em comum. Tenente deixara-o em casa, lhe arrumara até emprego. Tinha dessas. O diacho era o sujeito lá, sozinho com sua mulher. Benedita já não tinha dado fuga tantas vezes? Será que o rapaz era de talaricar?

Lembrou do Pretextato voltando da escola sempre estropiado. Vergonha. Nunca conseguia se defender. Quando Galinha estava em casa, o filho vivia pelos cantos. Bochechas vermelhas quando o pai assobiava para as mulheres que passavam. E ainda aquela língua presa. Seiva fraca dá broto torto. Serelepe cortou-lhe os pensamentos.

"Dioguinho era baita mesmo, Promotor?"

Galinha nem quis ouvir a resposta e praguejou sem muita convicção.

"Isso é falta de couro. Fio começa a ficá assim, mei transviado, leva couro e muda. Óia, miro muitos por aí gradecendo: 'Ainda bem que levei umas palmada, meu pai me ensinou ser hómi'."

Alaranjado do céu avisava noite a despencar. Galinha decidiu que pousariam em Mineiros. Lá todos respeitavam-no. Iriam ficar os oito policiais na delegacia. Tenente deixou Promotor, Boca de Fogo, Zé Pintinho, Bororó e Manoel do

Saco se alojando sob os cuidados do subdelegado e foi com Gambé, Cuiabano e Serelepe procurar boteco. Goela seca.

Havia em Mineiros um rapaz chamado Severino Bom de Tiro, líder local; aliado do Coronel Manoel Antero. Era forte de pontaria, valente e, além do sítio, também se arranjava como inspetor de quarteirão. Meses antes, um italiano tinha se engraçado com a enteada do coronel rival, um tal Camargo. Coronel Camargo foi contra. O italiano lhe disse que se não tivesse autorização, fugia com a moçoila. Camargo lhe meteu o punhal no peito. Severino, inconformado com a injustiça, deu voz de prisão para o Camargo, que só riu. Acabou com uma bala na testa. O subdelegado nem pensou em mexer com Severino Bom de Tiro, mas a família do Coronel Camargo recorreu à capital. Como a Captura estava naquelas bandas, era função do Galinha pegar o valente. O Tenente sabia que protegido de Coronel Manoel não ficava muito tempo preso. Por isso achava que a melhor solução era mandar para o inferno.

"Liquidá com eles aqui mesmo é que é certo. Minha Captura entra, resolve os problema e, se matá dez, quinze ou vinte, com trinta tiro cada um, nóis tem que ser condecorado, não recriminado."

No bar, todo mundo deixava o Galinha ganhar no carteado, todo mundo ria das suas piadas, mas ninguém queria caguetar o Bom de Tiro. Era raro isso, mas em Mineiros não havia quem se sujeitasse a ser pombeiro para o Galinha.

"Será que num tem gente valente nessa porcaria, negada? Esses cabra valentão têm que desaparecer, Serelepe. Onde nóis passá num tem que ficá bandido."

Metade da cidade odiava a Captura por causa das tranqueiradas que haviam feito no passado. Era como se fossem cangaceiros de farda. A outra metade da cidade amava tanto Severino Bom de Tiro que nem o medo do Galinha a faria abrir o bico. Passando um caboclo violeiro, natural de Campinas, Galinha pediu que Serelepe o interrogasse. O policial gargalhou dando um chacoalhão no músico. Galinha passou a mão na relha e principiou o interrogatório.

"Fala, porco miseráve, onde que tá amoitado o Bom de Tiro? Escondendo gente? Bamo! Vai ficá sem couro e sem dedo. Nunca mais dedilha viola, sujeito à toa."

"Num sei, não, seu Tenente. Ele anda por aí, num é? Mas, donde, eu num sei..."

"Olha só, negada, o sujeito é valente, hein? Eu é que quero sabê. Vai falando porque a guasca é boa. Tenho um nego ali, ó, o Serelepe, que tá fulo da vida e danado pra doá cacete."

"Cê quer saber muita coisa, seu Tenente. Tô falando as que sei. O homem é boitatá demais, aparece e desaparece. Num é fácil a gente sabê. É como o fogo-fátuo, pipoca ali e aqui. Todo caso, diz que tá por aqui no município. Disso não se aduvide; verdade verdadeira."

Percebendo que o violeiro nada sabia, Galinha saiu praguejando sua cambada dos infernos e procurando outros cidadãos mais profícuos em caguetar bandido. Quando a Captura já estava longe e a poeira da cavalaria baixou, o violeiro, aliviado, sorriu e maliciou uns versinhos no improviso: "Cruz cagueta, cruz talarico/ nem por dinheiro eu fico./ Juro lá e juro aqui/ Mesmo se sei, não sei, num vi".

Galinha era sujeito de colecionar insônias. Dizia que já ficara dez dias e meio sem pregar os olhos. Gambé achava que haviam sido apenas sete, mas quem ia contrariar o Tenente? Era incansável, estava sempre pensando em como cumprir suas ordens. Salivava de alegria quando tramava uma boa estratégia para pegar algum sujeito que tivesse fama de durão. Como era sexta-feira, estava no bar, de novo, o tal violeiro animando um arrasta-pé. Para agradar o Galinha, fez-lhe uma moda: "Na vila do Ribeirãozinho, valentão não se acaba/ Mataram Canguçu e Jesuíno Vacabrava./ Triste sina destes homens fizeram uma morte feia/ Depois de mortos no chão ficaram sem as oreia".

"Eita, que povo aqui me respeita, Gambé! Dia desses ainda fazem uma modinha pro dia que cê perdeu os bago."

Tenente Galinha batia a canequinha de lata no balcão e pedia mais aguardente fiada. Contavam-se histórias, mas nada de Severino Bom de Tiro. Um local jurava que o bandido Dioguinho não havia morrido quinze anos antes, outro falava que em Desamparo houvera uma kaingang tão faminta que seu maior desejo seria devorar a Lua. Repetiam com certeza absoluta que as vinte freiras do convento local mantinham refém um menino que botava diamantes pela íris sempre que se punha a chorar. Galinha entediava-se com a prosa. Havia, no entanto, um casal sentado perto da tropa. O sujeito era bem ajeitado, grande; a mulher de aparência agradável. Arrumadinhos para o fim de semana, conversavam sem nunca tirar sorriso do rosto. As mãos dela dentro das mãos grandes dele. Galinha não tirava os olhos: "Mulata assim é quente lá embaixo". Quando o sujeito levantou para aliviar-se, Galinha convidou-a para dançar. Serelepe se divertia.

"Vai mesmo, meu Tenente, nóis guentamo a mão depois."

Dançaram, apesar do Galinha. Depois da música curta, Tenente saiu pulando pelo bar, mexendo com meio mundo, deu mais uma talagada na canequinha, e se dirigiu novamente à moça. Mãos apertando a cintura, resfolegar da boca no ouvido. A dona evitando o contato ao máximo.

"Muierada gosta é de hómi de pegada, viu, Cuiabano?"

Galinha deixou-a no momento em que o companheiro retornava. Os boiadeiros locais cercaram o namorado de gracejos provocativos. A namorada dizia que era melhor saírem dali. O povo da cidade se revoltava. É que o Tenente tinha se despedido dela com um beijo no rosto.

"Olha aqui, fi di rapariga, que eu saiba ninguém se mete com essa mulher porque ela é minha, entendeu? Cai fora, seu polícia, senão sai baruio."

"Cambada, onde já se viu um porco desse querendo ser hómi? Sai baruio só se for dos seus vento, cornudo. Vá pro inferno, canaia!"

"Soldado, fi di égua."

"Melhor fi di égua que marido de vaca... Boizinho manso."

Os boiadeiros azucrinando, o homem vermelho. Mirou a companheira escondida num canto de cabeça baixa. Ela insistia para que fossem. "Boizinho manso." O namorado não se conteve. Partiu pra cima do Galinha que engasgava no riso. Tenente nem pensou. Deu-lhe um murro no queixo que derrubou o homenzarrão. Silêncio no salão. O sujeito tentou se levantar, mas Serelepe e Cuiabano lhe derrubaram com chutes fazendo o garçom do bar e um boiadeiro com mais juízo contê-los.

"Comigo é assim, negada, vou no cabra é pra derrubá. Esse chifrudo presta não. Só garganta."

"Meu amigo, com todo respeito, o senhor já está um pouco alegre demais, se puder acertar a conta…"

"Tá achando que sou caloteiro?"

"Meu irmão, me desculpe, mas…"

"Quem tem irmão na rua é fi de puta, vá pro inferno, careca!"

E o Galinha partiu pra cima do garçom aos murros, derrubando ele com pancadas na nuca. Depois chutou o coitado estendido no chão provocando indignação entre os boiadeiros.

"Seus canaia! Tem hómi aí pra dá no Tenente Galinha por acaso?"

Os boiadeiros não ouviam e se armavam de cadeiras e facas. Serelepe se pôs a postos, divertindo-se. Tenente repetiu.

"Tem hómi aí pra se metê comigo? Com o Tenente Galinha?"

"Duvido que sujeitinho covarde, igual o senhor, seja Tenente Galinha que limpa esses sertão de gente ruim. Cê deve de ter matado um cabeça-seca e roubado a farda dele."

"Se não sou eu, quem é? Vem experimentar, cornaiada! Quem me guenta?"

Os boiadeiros olharam-se, refletiram e debandaram acelerados. Tenente gargalhava, rosto palmito transformado em vermelho, as varizes da goela como que implodindo. "Minha canequinha tá vazia, ô português. Pinga aqui!" O dono do bar amargava a debandada geral dos clientes, do violeiro que puxava o forró e até do garçom esmurrado. Serelepe vertia lágrimas de tanto riso. Só lamentava que não restara alguma mulher. Gambé e Cuiabano já bocejavam, quando entrou na bodega Benedito Saci. O malaco tinha uma capivara suja e devia favor pro Galinha.

"Benedito Saci, com pena de morrê de pancada, vá se pondo em caminho e mostre onde tá o tal de Severino."

E agora, Saci? Ajudava ou não a entregar o Bom de Tiro? Escolha difícil, mas as probabilidades ajudando o Galinha eram maiores. Se não dissesse nada podia acabar morto ou aleijado e as chances de Severino Bom de Tiro sobreviver pra se vingar eram mínimas. Depois do massacre dos trinta ciganos, ninguém mais acreditava que era possível escapar da Captura. A Força Pública era um rolo compressor que atropelava qualquer oposição à sua marcha.

Clareava, quando seguiram pela estrada com Saci na frente. Cantilena de pardais e bem-te-vis irritava ressaca do Galinha. Na cidade, roceiros armavam feira com abóbora, inhame, ovos, mandioca e milho. A Captura trotava no sentido oposto. Intestino do Tenente dando cambalhotas, garganta avinagrada. Orvalho fresco no capim; cheiro de manhã recém-nascida refrescando os pulmões. O café de Boca de Fogo seria bom. Tinham reunido a tropa toda para sair cedinho. Saci apontou o sítio que ficava isolado em cima da montanha: casinha, curral, mangueirão e pomar. A uns vinte metros repousavam pastinho e lavoura. Severino Bom de Tiro voltava de um parto complicado de novilho. Bateu o olho naquelas fardas e rolou agachado em direção a sua morada. "Saci, cagueta, virou pombeiro o Judas. Tá apontando pra cá!"

Lá de baixo, o Galinha com aqueles olhinhos de urubu percebia a movimentação do Severino.

"Cambada, o canaia qué fugi, bamo apressar o passo. Lá vai se entocaiá. Arrasa, gente! Ligeiro, Serelepe, larga essa preguiça. Boca de Fogo, treim à toa, rodeia! Se num pegarmo esse Severino, eu vou dá de rabo de tatu no lombo d'ocês."

Severino era forte, pele cor de areia, correto. O povo da vila o amava. Quando avistou o Bom de Tiro, Gambé comentou baixinho para o Cuiabano: "Se a gente queimar um sujeito bão desse, vamos tá cometendo sacrilégio". Cuiabano respondeu com o silêncio. Serelepe agitadíssimo, sangue no olho. Zé Pintinho aguardando a mira boa. Saci vertia suor por tudo quanto era glândula do corpo, o estômago queimando como se uma navalha atravessasse as suas tripas e depois atirassem álcool para limpar.

"Nhá Fendô, garra minhas carabinas que vou precisar fazer fumaça", gritou Severino para a mulher. Estava com as mãos sujas do cio da terra mas bem desperto. Guardava duas espingardas boas em casa. Serelepe, Galinha, Boca de Fogo, Zé Pintinho e Saci subiam pela estradinha estreita. Cuiabano, Gambé, Bororó, Manoel do Saco e Promotor iam pelo matinho formando um semicírculo. Sabiá tristonho no jequitibá. Severino na janela, lá de cima via tudo. Atirava com uma arma, enquanto nhá Fendô carregava a outra.

"Vei me buscá, Galinha? Então, chega aqui. Quero estorá vossos miolos, seu captura dos inferno!"

"Já vô, bandido. Guenta um pouco e vai ficá cadáver. Quero essas oreia suja. Fogo, negada!"

"Não tinha hómi onde cê buscou esses aí, Galinha?"

"Tão ouvindo, cambada? Tão na boa vida? O hómi qué bala! Manda uma daquelas 44 que cê tem aí, Boca de Fogo!"

Fuzilaria infernal. Boca de Fogo e Serelepe eram valentes, mas não tinham a mais precisa pontaria. Picavam bala em direção ao morro enervados pelas ameaças de Galinha, mas o que mais faziam era deixar a casa do Severino com cara de peneira. No caminho, matavam passarinho e assustavam as crianças da vizinhança. Gambé e Cuiabano faziam mira, mas pouco atiravam. A falta de convicção somava-se à falta de ângulo, moleando-os. Promotor, acocorado com as palmas nos ouvidos, trazia farta munição quando o assunto era oratória, mas deixava a desejar com a Mauser na mão. Severino calmo feito bicho-preguiça. Seus movimentos eram lentos e precisos. Quando a Captura atirava, Bom de Tiro se punha fora de mira e tragava o cigarro de palha, contando.

Cessada a carga, fez mira no peito do Saci e disparou. O pombeiro desabou duro. Boca de Fogo checou o pescoço do Saci: defunto.

"Se entrega, canaia, enquanto dá tempo de sair vivo!"

"Galinha, eu saio vivo daqui de cima, mas sua Captura vai tombar um a um. Cê vai ser o último, galego dos inferno."

Vinte centímetros de cano, modelo 1892, munição 44. Gatilho, ferrolho, cão e alavancas. Os homens olhavam para o pombeiro sem vida quando Bom de Tiro viu o ombro de Serelepe desprotegido. Lá de cima e com as duas carabinas, poderia mandar toda a Captura para o inferno, mas isso lhe renderia muita complicação com a justiça. Resolveu estourar o ombro do auxiliar direto do Tenente. Mirou, disparou, puxou a alavanca e fez o cartucho vazio saltar da arma. Ouviu-se o tiro e, na sequência, desapareceu o sorriso do rosto de Serelepe. "Acode, meu Tenente, o desgraçado me quebrô!" Com Serelepe desmaiado, Galinha se agitou. Ia morrer ali, naquele fim de mundo, nas mãos de um sujeito sozinho, por causa de briga política? Severino nem meliante era, de fato. Irritava-se. Era bom de ordens, mas seus tiros não eram decisivos como os de Severino. Pensou na Benedita tornada viúva, a desgraçada era capaz de ficar feliz. Não ia nem guardar luto.

"Negada dus diabo. Se preto for gente, mata aquele treim. Capricha, cambada, que o hómi é dus bão. Tudo que nem tatu na toca! Uma oreia de fora e tá morto. Responde cerrado, Boca de Fogo, atira, praga, tu nem parece gente."

"Branco filho da puta", pensou nhá Fendô que pitava um cachimbinho de madeira ancestral e sorria para Severino. Ela apertava os olhos puxados e negros, seus cabelos grossos e lisos escondidos pelo lenço de chita. "Se esconde que nem tatu na toca", disse o Galinha, mas deixou uma nesga de joelho de fora. Severino não perdia chumbo. Firmou pontaria e deu com o dedo no gatilho, estourando-lhe a rótula e partindo-lhe as cartilagens.

"Pelo amor de Deus, hómi, num atira mais! Tô ca canela partida."

"Galinha, se tu nunca mais vortá aqui, eu paro."

"Nunca mais! Juro!"

"Pois então, vaza, macaco, cabeça-seca. Devia tê arranjado gente melhor pra me enfrentá, Galinha."

Vermelho e medo nos olhos do Galinha. Choramingando feito criança agarrado na perna escangalhada, implorava para tirarem-no de lá. Algum prazer Gambé tinha naquilo. Lembrava da tropa o abandonando no morro do Cara de Cavalo. A maldade que sofrera. Os risinhos e as piadas. Quando olhou para o lado, Promotor tinha a cabeça enfiada nos joelhos, magrinho demais para aquele terno negro. Parecia um bonequinho. Cuiabano ria? Ao perceber que Gambé o observava, Cuiabano engoliu o sorriso que exibia no rosto. Era a primeira derrota do Tenente que o novato sardento desfrutava.

9. Vinte e duas freiras + um santo

Esse trem sendo carregado, tal qual montanha rochosa que subitamente descobre-se vulcão a reativar erupções, é o Galinha. Imagine um bicho revoltado. Quem nunca se considerou bom em alguma coisa? Quem nunca pensou que ganharia medalha de ouro contra qualquer adversário em determinada atividade? O Galinha era bom de caçar homens. Colecionava noites em claro, só pensando em táticas e artimanhas. Não gostava de ficar muitos dias em casa, na capital. Se impunha para a tropa no grito e na graça. Atirava com eficiência, brigava acima da média, era grande e tinha energia. Não tinha dó, e levava consigo o dom de não pensar muito. A consciência enterrada em qualquer beira de córrego. Sem essa certeza era difícil para o Galinha se arrastar pela Terra. Era inteligente o suficiente para saber que não brilhava pela inteligência. Não agradava as mulheres com a prosa. Quando mijava, escondia o instrumento com as duas mãos, envergonhado. Das suas piadas muitos riam por medo. Mas não voltava pra casa sem cumprir suas ordens. Se mandavam, ele executava. E esperava receber bem por isso.

"Severino Bom de Tiro, canaia, devia tá com mais uns cinquenta naquele casebre, sujeito covarde. Fora aquela bruxa da muié dele. Traíra!"

Boca de Fogo, Promotor e Zé Pintinho desciam arrastando o Galinha alucinado, rótula esfarelada, mingauzinho de osso e sangue, enquanto Manoel do Saco, Bororó e Cuiabano carregavam o Serelepe, que tinha quebrado a clavícula e dizia: "Meu Tenente, pegaram nóis, meu Tenente, quebraram nóis. Era gente demais. Era um exército!". Boca de Fogo quase acreditava que tinha enfrentado uma armada, Gambé ria para dentro trocando olhares jocosos com Cuiabano. O Saci seria enterrado, em Mineiros do Tietê, pranteado por duas viúvas e seis bastardos, mas Galinha e Serelepe nem quiseram passar pela cidade depois da surra que tomaram do Bom de Tiro. Zarparam rápido, de trem, em direção à capital, para curar orgulho e feridas, adiando a ida para Desamparo outra vez. O resto da tropa se dividiu em dois grupos: Zé Pintinho, Bororó, Manoel do Saco e Boca de Fogo deviam atender o chamado de um subdelegado em Eldorado. Promotor, Cuiabano e Gambé foram dispensados pra cavalgar de volta até a capital.

"Promotor, não tava eu bem a par dele quando sucedeu o caso do Cara de Cavalo?"

"Mas nessa feita quem se estropiou foi o senhor, caro Gambé. Contam que..."

"Cuidado com a língua, Promotor! Mecê fala bem, mas nunca dá uso dessa pistola gringa que leva na cinta. Devia passar ela pra quem precisa."

"Cavalgue melhor o senhor, sua língua, caro Cabra Rachado. 'A par dele' não faz o menor sentido em nosso léxico. Você deveria se fazer melhor exemplo gramático para nosso púbere Cuiabano."

"Ah, mas Gil Vicente não escrevia 'apar della' na *Comédia de Rubena*, Promotor? O caipira não fala muito do que se falava no Portugal antigo?"

"Agora você me surpreende, Cabra Rachado. Por trás deste centauro há um Orfeu... Como sabe quem foi Gil Vicente?"

"Promotor, não ensinei cálculos aos professores do Curso Normal, quando não tinha ainda treze an..."

A arrogância do Promotor acelerava o sangue nas veias cansadas do Gambé, quando uma turma de matutos de Mineiros do Tietê entrou na mata portando foices, enxadas, porretes e facões e marchando na direção dos que restaram da Captura. Lenços na cabeça, pés descalços, camisas xadrez, bigodes cobrindo o filtro labial. O povaréu tinha se revoltado em saber que o Tenente Galinha queria matar o Severino Bom de Tiro. Por isso, se organizou para impedir. O ânimo ganhou fermento quando descobriram que o Severino tinha posto o Tenente para correr.

Gritando feito Folia de Reis, botaram o Bom de Tiro nos ombros, tiraram as máscaras de Clóvis dos baús, arranjaram algum batuque, uma viola enfeitada com fitas coloridas e marcharam em direção ao grupo de homens da Força Pública. "Vamos sovar esses, canaias", gritavam eles. "Ó bondosos Santos Reis, ajudai-nos, amparai-nos, protegei--nos e iluminai-nos!"

"Promotor, não ensinei cálculos aos professores do Curso Normal, quando não tinha ainda treze an..."

Quando ia terminar a frase, Gambé sentiu o murro duro no nariz, temperado pelo gosto ferroso de sangue fresco. "Louvado seja o que não me deu queixo de vidro, levei, mas não caí", pensou. Os mascarados despontavam das matas como assombrações.

"Corre, Cuiabano, que o coro come! Esporeie teu cavalo, compa!"

As máscaras compridas tinham narizes grandes, bocarras horrendas, barbas e cabelos postiços. Foi uma legião de carrancas com chapéus cônicos que puxou o Promotor pelo colarinho e o manteou bonito. O Cuiabano, maravilhado pela Folia fora de hora, pulou em sua manga-larga, desperto pelo berro do parceiro rachado. "Ó Deus salve o oratório", cantavam os mascarados e davam de mão aberta na cara do homem das leis. Um, meio vesgo, de facão na mão correu pra pegar o Cuiabano, mas só conseguiu espetar-lhe a traseira. Para o Promotor não serviram suas palavras bonitas. A caipirada moía-lhe com gosto, rasgando o paletó bem ajustado, cuspindo nas orelhas de abano, xingando a Força Pública e a República. Severino teve que se meter no meio da caboclada para conter a fúria da massa alucinada. Só não finalizaram o Promotor porque respeitavam demais o Bom de Tiro. Nhá Fendô, sua senhora, era das que surravam com mais gosto.

"Vixe, Cuiabano, cê viu? Promotor apanhou por bosta agora, hein?"

"Carecíamos ter feito algo, Gambé. Acha não?"

"Fazer o quê, compa? Mecê queria usar sua cabeça para golpear os murros e chutes do povo? Dar cabeçada em pé alheio ajuda alguma coisa, Cuiabano?"

"Afe, Gambé, não foi coisa de homem deixar nosso companheiro pra trás. Se fosse o Galinha numa hora dessas..."

"O Galinha, por acaso, olhou pra trás ao fugir com o rabinho entre as pernas do Severino Bom de Tiro? Óia, Cuiabano, a gente deveria aproveitar pra bandear pro Goiás. Eu mais mecê, já te falei, dupla boa. Mecê com o corpo novo e eu com a cabeça boa. Esperteza não envelhece. Chega de caçar gente pelo interior. Vamos plantar alguma vida por aí, Cuiabano."

Cavalgavam, em dupla, já fazia uns quinze minutos quando Gambé pressentiu a agitação atrás deles. Eram uns treze cavaleiros mascarados e maltrapilhos portando armas e batuques nas mãos, liderados por Severino Bom de Tiro. Número ímpar dava azar, treze então... "Eita, pleura, Cuiabano, danou-se!" Cuiabano passou a mão no cabo perolado do revólver, mas Gambé fez que não com a cabeça. Matar um ali só ia servir para levá-los mais rápido para o caixão. Viraram acelerados para a direita, se engruvinhando em uma vilinha miserável que era meia dúzia de casas, cemitério, igreja e convento.

"Bamo pra essa casona atrás da igreja, Cuiabano!"

Uma menininha chupando cana, olhando para os dois

policiais curiosa; um vira-lata coçando a orelha com a pata traseira; dois velhinhos proseando e sorvendo o tereré sentados em frente de uma maloca. Gambé chutou a porta com o resto de força que possuía na perna direita. Cuiabano estava nervoso. Vendo que eram da Força Pública, as de dentro deixaram-nos entrar. Eram vinte freiras assustadas e um menino santo vivendo naquele convento construído com tábuas de madeira. O menino, magro e baixo, tinha uma espingarda muito velha nas mãos. Poderia ter tanto oito anos quanto quinze, era chamado de Caçula e chorava cristais. As freiras — brancas, rosadas e amarelas — usavam hábitos surrados da cor bege e pareciam bastante surpresas com a invasão. Paquidérmica era a madre superiora — os traços algo turcos, algo rochosos dando a impressão de ter testemunhado os contos de Sheherazade para o rei Shariar, tão ancestral parecia sua carapaça. Seus dois olhos de vidro exigiam que Caçula, seu auxiliar, lhe descrevesse tudo que se passava e cochichasse o resumo para suas orelhas moles. A fartura de carnes da madre contrastava com a secura honesta das demais. Vinte mulheres, um menino santo, dois policiais, alguns minutos para pensar. As freiras mais jovens se abraçavam, receosas, às mais velhas, todas de mãos dadas e cabeças baixas.

"Soldados, Deus abençoe..."

"Sua bênção, irmã."

"Vão me desculpar, os dois, mas aqui não é lugar de homem. Ainda mais armados. Somos noivas de Cristo Jesus, invioladas, num convento cândido, abençoado e pre-

senteado pelo Espírito Santo com essa criança milagreira que tem o poder de verter lágrimas de cristais. Com a graça do Divino..."
"Cuiabano!"
"Que foi, Gambé?"
"Tira a roupa, rápido!"

Na Estação da Luz, Tenente Galinha e Serelepe chegaram de Mineiros do Tietê feito um amontoado de farrapos. O povo da Mooca recebeu o Tenente como herói de guerra. Galinha ofereceu para Serelepe descansar em casa sua, mas este recusou. O repórter que apareceu por lá foi posto para correr aos pontapés pelo tal Israel, agregado de Galinha e Benedita. Na sequência souberam do cacete que o Promotor levara dos discípulos do Bom de Tiro. Bororó e o resto da tropa encontraram o homem arrebentado na cadeia de Mineiros do Tietê com o terno em frangalhos, parecia um bonequinho de Judas. Era impressionante... Sempre fora pequeno daquele jeito ou diminuíra?

Boca de Fogo agradecia por ter saído inteiro da expedição. Depois de visitar seu Tenente, foi pagar promessa na igreja Nossa Senhora do Rosário dos Homens Pretos, ali no centro. Fazia um sol agradável em São Paulo quando ele deixou sua vela acesa na igreja. "Hoje é mesmo um dia magnífico", pensou benzendo-se. Benedita não ficara muito feliz com a volta repentina de Galinha. Agora tinha que cuidar dele, do filho Pretextato e de Israel.

O comando da Força Pública deu ao Tenente um descanso como prêmio e uma referência elogiosa na sua folha de registro. O secretário de Segurança lhe mandou um leitão. A revista *Careta* lhe homenageou com reportagem e caricatura. Nesse meio-tempo, a situação na cidade de Desamparo se complicava. Houvera um violento fuzilamento no Convento dos Capuchinhos e as tensões envolvendo coronéis de Rio Preto e de Bauru se inflamavam. Mané Teixeira, Alfredo Rabo Grosso e mais alguns capangas do infame Coronel Manoel Antero dos Santos ameaçavam as viúvas proprietárias para comprarem-lhes as terras a preço de banana. "Preciso cumprir minhas ordens assim que ficar bom", pensou o Galinha. "Parece que eu ando, ando, mas nunca alcanço o oeste."

Eram dois cavalos, um menino santo e vinte e duas freirinhas caminhando pela estrada com seus hábitos completos e as cabeças abaixadas. Uma das irmãs, grandalhona, andava com mais dificuldade, arrastando um pouco o passo, como se fizesse esforço para não mancar. Trazia a mão esquerda enfiada dentro da manga da mão direita, como se estivesse com frio, mas apenas tentava disfarçar a falta de um braço. Era Gambé que, assim como Cuiabano, trocara a farda de policial pelo hábito de freira e botara-se em marcha com as outras irmãs, mais o menino Caçula, para evitar o linchamento nas mãos do povo de Mineiros do Tietê. Passaram travestidos pelos cavaleiros mascarados do Severino Bom de Tiro abençoando-lhes.

"Deus há de usar suas mãos e sua mira como as asas do anjo da vingança, seu Severino. Deus queira que um dia você ache aqueles dois meliantes atrevidos e lhes marque com o fogo do inferno."

Severino sorriu para os olhos cegos da madre superiora, que não estava acostumada a caminhar sob o sol. Revirando as burcas de vidro, ela desfazia-se em suor, apesar do prestativo Caçula que erguia um guarda-sol para sombreá-la. Severino lhes ofertou uns bons réis e disse que ia vender milho na quermesse daquele ano em prol do convento. A madre superiora o abençoou, reforçando as pragas contra aqueles dois bandidos de farda que se disfarçavam, de cabeça baixa, em meio às noivas de Cristo.

Gambé, travestido e olhando sempre para baixo, ouvia as pragas da madre superiora, mas não podia culpá-la. Havia invadido seu convento, posto uma arma em sua cabeça, roubado um par de toucas, véus, túnicas, e se vestido de freira. Ficara nu na frente de todas, enquanto Cuiabano, respeitoso, trancara-se na clausura para trocar-se. Agora, faziam as mulheres desonrarem o oitavo mandamento, mentindo para Severino e seus homens. Um dos cavaleiros, sujeito de máscara negra que parecia um rosto de cera derretida, não tirava os olhos do Cuiabano.

"Olha que freirinha ajeitada, Severino! Cheia de sardinhas e novinha, hein?"

Cuiabano, focando sempre nos próprios pés metidos em sandálias de couro, fez cara de nojo. Detestara aquela ideia de Gambé. Preferiria ter enfrentado, sozinho, todo o bando do Severino a vestir saia. Realmente, seus traços infantis lhe faziam lembrar uma adolescente bonita, pensava Gambé. Será que as partes que Cara de Cavalo havia cortado tornaram-no invertido?

"Quem abusa das virgens é o bando do Galinha, cabra, tome prumo que essas irmãs são santas."

"Ôxi, tava só falando só, Severino. Pode mais nem brincar? Mundo sem graça... Não precisa ficar com medo, não, viu, moreninha? Pode olhar pra eu. Gosto das mais queimadinhas, mesmo. Brigam mais forte na cama."

Quando os homens do Severino estavam bem longe, Gambé e Cuiabano subiram nos seus cavalos e agradeceram às freiras jogando-lhes umas moedas, ainda vestidos com os hábitos grandes emprestados da madre. Na hora da despedida, Caçula, o menino santo, arriscou:

"Ô tio, me leva mais vocês? Quero ser castrado das freiras não, quero ser sujeito homem."

"Ara, manino, não fale blasfêmias na frente das santas! Mecê não é abençoado com o dom de chorar cristais?"

"Isso aí é puia deslavada, me leva mais vocês, tio."

"Gambé, isso aí não vai dar certo..."

"O manino tá implorando, Cuiabano, vai saber o que essas freiras aprontam com ele... Manino, quantos anos mecê tem?"

"Num sei, não, seu polícia, mas..."

"Tô lhe falando, Gambé, o moleque é miúdo ainda."

"... sei atirar, jogar e trepar."

Quando Cuiabano arriscou convencer o Cabra Rachado a não levar o piá, Caçula chegou a verter cristal de lágrima, o que fez as freiras todas se benzerem e aceitarem a partida do menino santo, cuja idade ninguém sabia de fato. Seguiram os três, deixando o convento para trás. O povo estranhou aquelas duas franciscanas gigantes cavalgando com espingardas 44 na bainha das selas e levando o menino Caçula na garupa.

"Que desgraça, Gambé. Nunca mais quero usar roupa de mulher assim. Queria derrubar aquele mundiça do bando de Severino no soco! Sujeito nojento."

"Melhor usar roupa de santa que farda de assassino."

"Você não sabe mais quem é, Gambé."

"Mas, Cuiabano, já te falei que..."

"Diacho, compa, vou atrás é do Galinha! Fiquei nem quinze minutos a sós contigo e já acabei tendo que me fantasiar de freira para fugir da sova do povo. De quebra, ganhei filho grande pra criar. Vade retro!"

"Cuiabano, respire! Isso é falta de justiça. No rio..."

"Compadre, deixe o silêncio falar. Melhor procê é afastar-se da Captura mesmo, cê tem coração demais pra ser polícia. Esse serviço em Desamparo, que tamo adiando há tempos, vai ser ardido; capaz de não sobrar nenhum da matilha pra latir a história. Tô sentindo que os dias do Tenente tão contados, viste? Se joga pro Goiás, pra Mato Grosso! Encontre o que você deixou lá queimando. Não posso te ajudar com nada, preciso cumprir meu serviço. Sou homem de não ter sonho. Nasci pobre, com pouca sorte. Minha família desgraçou-se. Se não tenho foco, não chego onde preciso. Se não chego onde preciso, alma revolta-se. Fica só o gosto do fracasso amargando viver. Vai, Gambé! Usa tua cabeça para alguma coisa boa. Escreve, naqueles teus cadernos cheios de números, o que cê viu e não consegue esquecer. Memória é maldição! Ninguém vai acreditar em ti: todo mundo sabe, mas finge não saber. Ache algum conforto pra pôr no lugar do coração. Palavras não me servem. Quero fazer algo pros meus."

Cuiabano partiu, ligeiro, esporeando sua égua. Depois de alguns segundos de inércia, Caçula, que desejava se aventurar com a Captura, olhou para um lado, olhou para o outro e resolveu se jogar atrás do policial, seguindo seu rastro na terra. Queria juntar-se ao Galinha, não criar boizinho. Teria, no entanto, que convencer Cuiabano de sua serventia.

Gambé botou a mão esquerda no peito, enquanto via o garoto caminhar ligeiro. O abismo. Cavalgou pro lado oposto. Culpa agora era dele? Sempre? Só com sua companhia. Companheiro desprezível era ele mesmo. Sem ter quem lhe salvar, nem a quem culpar: opressora liberdade nas costas. Poderia ir pra qualquer lugar. Ser qualquer coisa. Estavam ele, sua história, seu cavalo, suas armas e aquela estrada. Pensou no Cuiabano, sujeito nunca se amedrontava. Macho era aquilo. Pensou nos ciganos. Desgraceira. Parece que o sertão enlouquecia as gentes. Qual era a fórmula para cozinhar um Galinha? Só podia ser o sol na moleira, o calor seco, as moscas famintas, a maleita que amarela. Havia ainda muita mata virgem no oeste, meio do cerrado. Chifre-de-ouro, tapaculo, tiriba. Nem só de sabiá e bem-te-vi se enfeitava o céu.

Que se faz quando se pode fazer tudo? Bom, nem tudo. Gambé não podia ter a metade boa de volta. Isso não tinha sido escolha dele. Talvez, nem não fosse tão livre. Era? Mas, ali, parado no meio do nada, o polícia podia fazer o que quisesse. Ou não? O cavalo Fantasma estancou como que lhe ouvindo. Ele podia parar no meio do nada. Se arriscava a tomar esporada no lombo, mas tinha estancado o galope. Ou o corpo mandara ele parar? Gambé podia ter se recusado a ir de batedor atrás do Cara de Cavalo. Talvez tomasse surra de relha do Galinha, mas ele podia ter se recusado. Aí, não tinham lhe explodido pela metade. Faria diferença alguma? E se o Wa'uburé não tivesse botado arma na cabeça da Mana? Se o Pai não tivesse ameaçado chorar? O cavalo voltou a andar. "Deixa ele me levar. Pra onde?"

Mirando em volta, os cafezais pareciam coisa inédita. Nunca tinha visto o mundo com aquela intensidade. No cotidiano o que reinava era o morno. O banal dava como mato em todo canto. Cafezal, capim, cotia. Miséria, maldade, moléstia. Mas aquele cafezal estava mais verde e as frutinhas mais vermelhas. O café do Boca de Fogo era bom; "Magnífico!". Gambé riu. Quando estava para recobrar o ânimo o Fantasma estancou num barranco-desfiladeiro. Olhou pra baixo. Era alto. Se caísse dali, "tchau, Cabra Rachado". Era o destino? Olhou para o céu. Silêncio. Deus se esconde dos fracos e indecisos. Tocou o sapatinho do bebê cigano que levava preso num cordão; bentinho. Esporeou a montaria em direção à morte-barranco. Nada. Esporeou com força. Nada. Gritou. Fantasma empinou para trás, relinchando bravo. Gambé segurando a rédea com uma mão só.

"Vamo, desgraça! Não quer pular pro fim? Por que me trouxe aqui, seu cavalo da peste? Acha que não sou macho? Eu me jogo sem mecê, tranqueira. Duvida da minha decisão? Nem pra me matar me sirvo? Se Deus quer…"

"Não meta Deus no meio da sua encruzilhada, tio Gambé."

"Eita, diabo safado, que aparece no deserto para tentar a gente. Quem é?" Gambé mexeu o olho bom pra direção da voz fina. Sentado em um morrinho, o Caçula magricelo com o trabuco velho. "Vai usar essa arma pra quê, manino? Quer auxiliar em morte minha?"
"Se quisesse, já tinha te dado nas costas, tio."
"Com esse trabuco véi de guerra?"
"Trabuco véi cospe chumbo quente. Tua carcaça é de aço, Gambé?"
"Isso lá é jeito de manino santo falar, Caçula?"
"Me responde você, 'irmã'."
"Irmã?!" Gambé reparou no ridículo da coisa naquela hora. Ele, homem-feito e partido ao meio, vestido de freira, em cima de um cavalo emburrado, na frente de um barranco, chorando sozinho e com a arma nas costas. Sem braço, sem olho, sem colhões. De véu cobrindo a carapinha. Ainda pensava em se jogar lá de riba. Começou a rir.

"Tá rindo de quê, tio?" O Caçula olhava para ele com bondade nos olhos que vertiam cristais. Gambé só sabia era rir. "Pros teus problemas, Deus está mesmo morto, tio. Mas há alguma coisa aí dentro, dessa tua metade, que queima e é sagrada."

Gambé gargalhava agora, com lágrimas nos olhos. O Caçula sorriu sem dentes. Pulou, então, em direção à garupa da montaria do Cabra Rachado. Gambé deu meia-volta com o Fantasma, esporeou para o lado da estrada. O alazão desemburrou e começou a trotar. Gambé bandeou atrás do Galinha. Atrás do Cuiabano.

10. Fibonacci

Havia, na hospedaria de taipa, este senhor cego e acocorado, jogando dois dados feitos de ossos em meio à poeira avermelhada que dançava na estrada. Suas unhas longas e claras combinavam com a brancura das faces do cubo, que revezavam-se aleatórias entre 1 e 6. Os círculos que contavam os números pareciam a Caçula crânios humanos. O caminho até a capital seria longo o suficiente para que ele e Gambé se entendessem na nova aliança.

A dona da hospedaria tinha olhos escuros levemente puxados e cabelos muito longos com alguns resquícios de negro em sua uniformidade prata. Trajava um vestido simples de algodão cru, sandálias de couro desgastadas e pitava o petyngua, enquanto assava, na brasa do quintal, algo feito de milho envolvido por folhas de bananeira. No quarto principal, seu companheiro — muito magro e pálido — esticava-se na cama trançando um cesto de taquara com as mãos enrugadas e frágeis que não cessavam de tremer. Repetia, talvez pela última vez, com uma faca de cabo de osso decorada com desenhos pintados com jenipapo, os movimentos que praticara por toda uma vida, extraindo tiras muito finas da taquara. Não haveria tempo para ferver a casca de catiguá e extrair dela a tintura vermelho-amarronzada que daria o aspecto dual para a cestaria que brotava. Não importava.

Aquele homem translúcido deixava o seu pito ao lado carregado, mais pelo hábito que pelo prazer. Sua mandíbula dolorida já não funcionava bem e a língua era incapaz de lhe dar prazer, infestada, como estava, pelas células suicidas que haviam se proliferado de maneira descontrolada e se espalhado por todo o corpo do homem — tomando os lugares das células sadias que, por tantos anos, trabalharam para que sua vida fluísse em harmonia.

"Este cesto nunca vai ficar pronto, Caçula."

"Por quê, tio Gambé?"

"Este homem vai morrer assim que pegarmos a estrada amanhã."

"Como você sabe, tio?"

"A índia velha me disse."

"Isto é triste."

"Depende."

"Como assim?"

"Na estrada vi poucos homens terem a vivência de uma morte lenta. De verem o cabelo virar nuvem, assim, sem cor. Terem a nítida visão do fim que chega. Em geral, a morte é rápida e carece de sentido."

"Mas por que, então, este homem velho perde tempo fazendo o cesto?"

"Que mais ele faria?"

Caçula observou o trançar paciente dos fiapos de taquara tempo suficiente para registrar, em sua mente, os dedos nodosos daquele homem que sumia lentamente; suas falanges cobertas por pele esbranquiçada, castigadas pelas artrites. Levantou os olhos e deparou-se com a mandíbula um tanto torta do outro, sua boca com pequenas feridas, a bochecha encovada. Tossia muito, respirava com dor, mas não deixava seu trançado de lado. Era isso a morte.

O dono da hospedaria de taipa faleceu de noite, nos braços da companheira com quem dividia a vida havia trinta e três anos e de uma filha temporã nascida dos últimos suspiros de sua fertilidade. Caçula não assistiu à derradeira cena, provocada por uma hemorragia inestancável. É que Gambé resolvera pegar a estrada antes da aurora cavalgar o céu. Na noite anterior, Cabra Rachado se deparara com Caçula manuseando seu revólver. O menino havia retirado silenciosamente o tambor, com suas seis câmaras concêntricas, e tocado gentilmente cada projétil de 0,38 polegada com as mãos. Com a ponta dos dedos indicador e polegar sentira o frio metálico da liga de cobre em sua pele. Estremecimentos. Sem munição no berro, armava e desarmava o cão. Despertando de um sonho desagradável, Gambé flagrou Caçula com os olhos vidrados em seu revólver e irritou-se. Foi a única vez que bateu no garoto, dando-lhe um forte tapa de mão aberta no rosto.

"Isso não é brinquedo pra criança, Caçula!"

"Eu não sou criança, tio! Já usava meu trabuco pra proteg..."
"Pois agora seu trabuco véio vai na minha sela!"
O menino desconfiou da atitude do policial. Por que Gambé o queria desarmado? Admirara sempre as Winchesters da Força Pública, muito mais modernas que sua espingarda pica-pau. Achava bonito o movimento e o barulho da carabina sendo engatilhada, mas Gambé não quis saber. Tinha perdido o gosto em falar de armas desde a explosão que o partira. O cheiro de pólvora o enjoava. Inicialmente o moleque quis entender a falta de orelha, olho e braço de seu novo mentor. Se a madre religiosa era completamente cega, os vidros a lhe enfeitar as órbitas, pelo menos ao polícia restara ainda um olho. Gambé desconversou. Aproveitou para falar sobre números ímpares e pares e como quase todos os seres vivos eram divididos em metades. "Conversa de arma e valentia nunca que levou ninguém a lugar algum. Só ao centro da Terra. Se bala fosse coisa santa, Jesus tinha vindo guerreiro, não pastor de gentes."

Deixaram a hospedaria de taipa ainda no escuro e Gambé procurava estimular a curiosidade do jovem para outros assuntos. O menino assobiava algo parecido com um cântico religioso, tinha jeito para as melodias. No caminho, um rebanho de zebus pastando no campo aberto ruminava lentamente o mato — suas pelancas a cobrirem os peitos fortes despencavam em direção ao chão. Um dos touros tinha as pontas dos chifres, curvados e negros, quase se encontrando no topo da cabeça, dando a impressão de uma auréola; as corcovas gordurosas chamando a atenção dos olhos dos curiosos.

"Tio Gambé."

"Caçula?"

"Você já reparou na corcunda daqueles touros?"

"São zebus."

"Será que vivem muitos cupins ali dentro?"

"Não fale bobagens, manino, aquilo é reserva de força dos bichos."

"São incríveis! Olhe aqueles chifres, parecem lanças gigantes, cornos de dragão. A vaca é o maior animal do mundo, não é, tio?"

"A vaca, Caçula?"

"Maior que anta, que paca, que onça."

"E as baleias, Caçula? Não lembra do Leviatã do Livro de Jó?"

"Baleias são histórias da Bíblia pra assustar criança, tio."

"Manino?"

"Você já viu alguma por acaso, tio Gambé? Já viu com esse olho que leva na cabeça sua? Eu nunca que vi baleia, nem dragão, nem milagre. Mas as vacas e os touros estão por toda parte e são fantásticos!"

Com a bexiga carregada, o menino pediu que Gambé interrompesse o trote. Tinha necessidade de matar a sede do mato. Urinando, aproximou-se ao máximo do rebanho, os olhos grudados no maior dos touros: a cara era preta, as orelhas tinham as partes internas esbranquiçadas e mexiam-se para espantar os mosquitos. A pelagem era densa e curta. Os olhos negros bovinos cruzando-se com os olhos curiosos do humano.

Um grito ardido do policial convocou Caçula de volta. Gambé cansara de ouvir histórias sobre criança boba morta por boi brabo. Mas permitiu que Caçula se divertisse dando carreiras no pasto, perto dele, com os dois dedos indicadores fazendo-se de chifres, o corpo curvado, imaginando-se touro bravo a atacar menino besta. O policial encostou-se numa árvore, chapéu-de-sol gigantesco, e ficou observando os jogos do moleque divertido. Quando o Caçula cansou, suado, veio sentar-se ao seu lado. Esbaforia.

"Tem alguma coisa para comer, tio? Tô com fome…"

"Tem um resto de paçoca."

"Eu adoro sua paçoca, é a melhor do universo!"

"Mecê já provou muita paçoca na vida, manino?"

"O suficiente."

Gambé riu-se. Caçula ficou um tempo calado, jogando punhados amarelados de paçoca de carne na boca e observando o ruminar das vacas brancas, cinza e amarronzadas. Gambé tinha usado farinha de milho no pilão. O menino chupou as pontas dos dedos, os dentes faltando na frente, a barriga farta menos vazia, as costelas ossudas movimentando-se no ritmo da respiração. De repente, fez-se sério. O semblante fechou, os músculos retesaram-se.

"Tio, tem uma coisa que eu nunca que falei pra ninguém, nunquinha mesmo, tipo de um segredo."

"Coisa ruim?"

"De mandar pro inferno."

"Que fizeram contigo?"

"É coisa do convento."

"Foram as freiras?"

"Foi por causa delas, sim, tio. Mas... Bom, aprendi isso ouvindo e vivendo com aquela madre superiora." Assobiou agudo. "Tenho muita vergonha de dizer. Não era a coisa certa pra se aprender em um convento. Não era mesmo! Elas me queriam um menino santo, mas... desculpa, tio, eu não consegui. Não mesmo. Agora vou é arder nos inferno!"

Caçula escondeu a cara com as mãos e abraçou os joelhos ossudos. Tremelicava as pernas. Gambé ficou agoniado com a angústia do menino. Ele, às vezes, parecia ter um espírito tão vivido e outras vezes lembrava uma criançola. O que as freiras do convento de tábuas tinham feito com aquele moleque inteligente? Lembrou dos olhos de vidro da madre superiora. Pensou que não gostaria que ninguém fizesse o Caçula sofrer. Agora, já não achava mais bonito aquele milagre de botar lágrimas de cristal pra fora dos olhos.

"Calma, Caçula, na vida só não se dá jeito pra morte. O resto se busca. Que foi que as freiras te fizeram?"

"Se eu contar, você promete não me largar sozinho na estrada?"

"Eu jamais faria isso, manino."

"É que... eu não acredito em nenhum deus, tio."

"Só há um Deus, Caçula. As freiras não te ensinaram?"

"Ara, tio, que é isso? Há os encantados dos kaiowás e guaranis, os santos dos bantos e ketus, os sete ou setenta e dois nomes pro seu Deus na Bíblia que eu contei e decorei todinhos. Mas acreditar, mesmo, não acredito em nenhum deles."

"Caçula, mecê é novo demais, viu muita coisa ruim nessa estrada. Aquele homem cosendo o cesto..."

"Foi a coisa mais bonita que já vi!"

"O homem morrendo ou seus cestos sem graça?"

"O homem era como todos nós, tio Gambé. Insistindo em ficar vivo até o último segundo, só para morrer no fim... Tudo em vão, mas, também, única forma de seguir. Sem deus algum, sem bem ou mal. Vocês da polícia, os bandoleiros do Dioguinho, os kaingangs e fulas... Um monte de criança perdida no mundo. Igualzinho eu, mas maiores."

"Caçula, manino, mecê é sabido pra sua idade, mas veja... Eu vivi muito, carrego trinta e quatro anos nas costas. Há meses que fui arrebentado ao meio. Perdi olho, perdi orelha, perdi braço, mas nunca perdi a fé..."

"Mentira, tio."

"... nunca perdi a fé que algum dia vou encontrar sentido em existir. Deve haver alguma verdade escondida num canto... Na Bíblia, nos números, na sequência de Fibonacci, nos progressos da cidade, nas mandingas das rezadeiras. Podemos até procurar juntos, que mecê acha?"

"Podemos procurar, sim, tio. Podemos. Gosto de estar bicho solto contigo nos matos, capoeiras e estradas. Mas, ó, te aviso, por pura prevenção: o senhor só vai é rodopiar, rodopiar, rodopiar e findar labirinto."

11. 1º Coríntios 13,1-5

A imensa e imortal serpente líquida e sinuosa, que avistariam dali a um dia, fora batizada de Tietê pelas gentes tupis que viviam naquele planalto de Piratininga, separado do mar pela muralha da serra de Paranapiacaba. Era ela o colossal curso d'água que atravessava o estado de São Paulo de leste a oeste. Gigante invertida, nascia próximo ao litoral para morrer no interior do país, às margens do sul de Mato Grosso. Fugia, boiúna formidável, do oceano, procurando refúgio no útero da Terra; cobra-rio caipira e teimosa, que nenhum humano haveria de domar.

Gambé não cansava de olhar para as águas limpas daquela serpente gigantesca, recordando-se da viagem de barco que fizera saindo de Mato Grosso, início de sua migração para a capital das monções. Com o Pinheiros e o Tamanduateí, que desaguavam em seu leito, aquele rio *era* a cidade de São Paulo. Em meio à aceleração que eletrocutava a metrópole, Gambé gostava da calma que lhe vinha quando pensava que tudo se transforma e enfeia pelas mãos humanas, mas alguns detalhes da natureza seguem imutáveis: o rio Congo, na África Central, o Tâmisa, na terra da rainha, e o Tietê, naquela cidade de entradas e bandeiras.

Trezentos rios e riachos na cidade. Trezentas e quarenta mil almas. Trezentos e cinquenta e oito anos de idade. Anotava no caderninho os números de tudo o que observava. Desde que partido ao meio, Gambé procurava a unidade nos algarismos. Quando eram quebrados por vírgula — 1,5 por exemplo —, batia-lhe um tipo de mania em que precisava achar o dobro — matemáticas da mente na busca de paz. Lembrava da prosa de Tião Ioty, os kaingangs sabiam das coisas, o mundo é dividido em metades, que se opõem mas complementam-se. O que seria do Criador sem o Cramunhão? Pensava escondido se ambos não eram a mesma pessoa, mas partida ao meio, como ele. Quando Lúcifer renegou o Paraíso, não foi uma metade de Deus que caiu no Inferno? Lúcifer anjo foi... E não são os anjos estilhaços de Deus?

Gambé envergonhava-se dessas aventuras de pensamentos, então, no seu diário, cifrava as notas com números. ∞ e 666 eram as senhas para o uno; o 1 único. Procurava ensinar o Caçula enquanto percorriam o longo caminho do sertão até a cidade. O menino, que surgira como redemoinho em sua vida, tinha uma cabecinha boa, lembrava o próprio Gambé criança ensinando aos professores no Curso Normal de Cuiabá. A Mãe boquiaberta com a esperteza do filho não entendia o que ele decifrava: a aritmética era a língua do divino, a geometria era a sua arte. Caçula desconfiava do olho faltando na cara de Gambé, da orelha a menos, do fato de ele não deixar o menino vê-lo nu no rio. Mas gostava da sua perícia ao fogo, da sua comida. Apreciava pegar os bocados fartos de paçoca de içá que o aleijão preparava e arremessar na goela, a barrigona sempre faminta, os dentes que restavam bons até para quebrar pedra.

"Tio Gambé, não quer deixar esse Cuiabano pra trás, não? Bora nóis dois pro Goiás criar boizinho manso. Bamo, tio?"

"Deixa de tentação, Caçula! Mecê não é manino santo? Temos que salvar o Cuiabano dessa desgraça de andar com o Galinha também. O moço é jovem e esperto. Cuiabano me ajudou a garimpar mecê, não foi? Carecemos da trindade pra vingar. As freiras num te ensinaram isso, não?"

"Elas me ensinaram o catecismo, a leitura e a verter lágrimas de vidro — foi só. Tinha uma que queria que eu cantasse com voz de mulher, mas eu não queria passar pela peixeira santa, não."

"Bamo pra São Paulo, Caçula, era lá que Cuiabano ia reagrupar com o Galinha e a Captura. Uma hora dessas Tenente deve ter se recuperado da sova que tomou do Severino Bom de Tiro. Nunca tinha visto o Galinha fraquejar assim... O sujeito é sólido qual muralha, quando ordena algo parece até que a Terra treme querendo obedecer. Mas agora ele está lá na capital, desprovido das forças, perto da mulher... O Galinha se alimenta de poeira do sertão, a cidade é asfixia pras forças dele. Bamo pra São Paulo, manino!"

"São Paulo... Aprendi as letras com as cartas de Paulo de Tarso."

"E que cê aprendeu de bom com elas?"

"Que Cristo Jesus e Adão são as duas faces da moeda humana."

Admirado, Gambé trocou parte de suas economias por um burrico que servisse de boa montaria a Caçula. Cavalgava bem, a criança, tinha curiosidade para tudo que dá no mundo. O que Gambé tinha com números Caçula tinha com as letras. Porque Caçula era forçado a ler os Atos dos Apóstolos e as Epístolas para a madre dos olhos de vidro e, também, porque a madre apreciava folhetins e jornais. Toda noite, Caçula lia para a madre as notícias e as fantasias. Assobiando afinado, Caçula, o jovem sem idade, complementava a cavalgada de Gambé de um jeito diferente da parceria que este tinha com Cuiabano. Aquele menino era um outro pedaço seu, um fragmento que parecia ter sido perdido havia tempos. Buscando instruir o Caçula e lhe prover qualquer conforto, Gambé principiou a pensar muito no dia em que Pai quase chorou ao ver o Wa'uburé Vermelho com as armas apontadas para as cabeças da Mana e da Mãe. Teria sido justo com o velho?

"Manino, chora um pouco pra mim?"

"Por quê, Gambé?"

"Porque eu preciso, mas não consigo."

Na tarde seguinte, Gambé mais Caçula alcançaram a igreja do Ó, já na capital, onde pararam para agradecer e renovar os poderes milagreiros do garoto. Quando deparou-se com a cidade adolescente, o jovem deu um assobio alto e teve o mesmo alumbramento passageiro que Gambé tivera ao chegar de Mato Grosso. Era muito mais gente do que ele imaginava caber no universo. No milagre da multiplicação das gentes, em meia dúzia de anos, a cidade que levava o nome do missionário Paulo de Tarso passaria de trezentas e quarenta mil almas para quinhentos e quarenta mil viventes.

"Sabe, manino, isso aqui já foi um lugar sombrio. Mecê hoje admira todos esses bondes de aço puxados pelo fantasma da eletricidade, todas essas belezuras das lojas do centro, os casarões da avenida Paulista e compara com o sertão nosso, pobre e banguela de virtudes. Mas, atente-se, isso já foi o terrível sertão também, foi não?"

"Como assim, tio Gambé?"

"Quando os jesuítas portugueses rumaram pra cá, nos tempos em que o vento era o motor dos barcos, eles se depararam com uma praia cheinha de tupis e uma muralha Paranapiacaba que parecia intransponível. Onça, sucuri, aranha-marrom... Nada do bom vinho do Porto, das favas cozidas, do pão de trigo-sarraceno. Só havia eram as águas do Tietê pra matar a sede de uma travessia ao infinito. O que hoje parece a ordem moldada em ferro e pedra foi outrora a selvageria tal e qual o oeste."

Caçula não respondeu, pensava com as sobrancelhas cerradas. Gambé passou a mão esquerda no sapatinho do bebê cigano que trazia pendurado no pescoço. Desconfiou do silêncio do novilho.

"Que foi que deu na sua língua, manino? Travou?"

"Suas palavras são bonitas e parecem ter alguma lógica, tio, mas eu tava só matutando aqui... E se, pros nossos, as trevas forem o que os portugueses trouxeram nos seus navios?"

"Num entendi o que cê falou, Caçula. Clareie."

"Olha, tio Gambé, essa cidadona, aqui, me pareceu bonita, sim, quando bati os olhos nela, sim, mas agora tem me dado angústia queimando dentro. Parece que olhar pra essas casas altas e pra esse viaduto do Chá me desequilibra, amolece as pernas. Em Mineiros do Tietê, eu sentia mais firmeza no corpo, era árvore com raiz grande. Aqui, num sei. Quando passamos pelo bonde na velocidade elétrica, minhas palmas da mão suaram e um calafrio correu os pelos das costas — ânsias."

"Eita!"

"Não é desfeita com sua cidade, não, tio, que agradecido sou de ter saído daquele convento. E muito! Mas juro que, aqui, o peito é como se tivesse sempre comprimido por forte bigorna. O interior, pátria nossa, parece limpo e ensolarado infinito. Isso de cidade pra mim é que é o puro coração das trevas."

Gambé admirou-se e foi sua vez de ficar emudecido. Fazia tempo que não aprendia algo em uma prosa à toa. Geralmente, as rodas com Galinha, Serelepe e Zé Pintinho eram mais vantagens e causos, conversas da cintura pra baixo. Caçula despertava Gambé pro colorido do mundo. Porque as histórias do Serelepe eram todas cinza, vida preto no branco, como aquela que o policial adorava repetir, de que incendiara vivo o filhinho de um ladrão de cavalos lá pros lados de Desamparo. Gambé recordava:

"'Serelepe ficou doido que o meliante escapou por nóis e lhe deu com a garrucha na cabeça', dizia o Galinha divertindo-se, tropa toda circundando trepidante fogueira. 'O nego foi até a casa do bandido e passou o fióti dele na relha. Quando o moleque desmaiou de tamanha pancada, Serelepe fez o quê? Conta, nego, desembucha!'

"Serelepe gargalhava mais alto que Galinha, os olhos faiscando, a mão coçando a sola reforçada do pé.

"'Uai, Tenente, ia sair no prejuízo pra bandido? O canaia tava pitando o cachimbo quando chegamos pra prendê, lembra? Daí que fugiu, passô por nóis no tremendo do pinote e ainda deu coice bruto nas minhas ventas. Carecia dar um troco! Queria vê se o menino dele dava torresmo bom de fato.'

"Galinha ria alto ao concluir o causo.

"'Pois o tar Peito de Aço teve muita brasa pra acender o pito, num foi, Serelepe? Eita, mundão véio e sem porteira!'"

Caçula estremeceu. A figura de Galinha lhe parecia assombrada, diabólica. O que Caçula ruminava sobre a cidade, no entanto, tinha trazido um tempero novo para a jornada de Gambé. As trevas seriam a cidade? A escuridão selvagem não era, então, o mato, a roça, os kaingangs e os guaranis? Aquele moleque tinha algo mais na cabeça do que cristais de choro. Era um milagre, de fato. Sorriu sozinho e ficou um tempo saboreando uma sensação diferente, os olhos faiscando. Estava feliz pela esperteza do outro que talvez fosse mais esperto que ele. Teve vontade de contar tudo, cada detalhe do mundo, que já aprendera para o Caçula. Quem sabe um dia o moleque não visse coisas que Gambé nunca imaginaria, visitaria países que nem existiam ainda, aprenderia línguas que ele seria incapaz de domar?

"Caçula."

"Tio?"

"Mecê é manino esperto. Deve ter nascido de olho aberto."

Nas primeiras vezes em que presenciou a cidade anoitecer, Caçula não conseguia adormecer. Ficava agitado, imaginando como seria o tal Galinha, ouvindo o apito das fábricas que se enchiam de italianos e espanhóis, as buzinas dos primeiros automóveis, o cateretê do caipira assustado com a cidade que cantava: "Uma coisa aqui em São Paulo já ponhei em reparo: só se vê é estrangero, brasilero é muito raro!".

Caçula temia que a velocidade da cidade o pusesse maluco, como pareciam ser todos que encontrava por ali. Às vezes sentia-se dissolvendo em ar. Não entendia aquele exército de operários pálidos, vestidos quase todos iguais, acordando, saindo de casa, trabalhando e voltando idênticos nos mesmos horários, alguns com crachás a lhes recordar os nomes. Para que portar o nome de batismo pregado no peito? Acaso não tinham memória? Não lembravam de como se chamavam? Pareciam burros adestrados... E aquelas ferraduras, sapatos e botas, apertadas que todos ali calçavam? Gambé lhe ofereceu um par, mas Caçula achou que o policial o torturava. Porque queria machucar seus pés daquela maneira? As línguas que se falavam por ali superavam Babel, eram muitas e incompreensíveis. Nada de nheengatu ou português. Na São Paulo daqueles tempos, faziam morada mais estrangeiros do que nacionais. Eram fantasmagóricos.

No momento certo, Gambé e Caçula foram se reapresentar ao quartel da Luz. A noite de véspera encontrou Gambé ansioso, dividido. Esfregava, faiscante, a mão esquerda no olho bom.

"O Tenente Galinha, Caçula…"

"Tio?"

"… é uma criatura terrível. Formidável, mas terrível. Tem algo de magnético no homem, algo que foi tirado do centro magmático da Terra, algo que atrai o povo a segui-lo mesmo que para a morte. A sensação que garra na gente é que tudo que o Galinha quiser ele vai ter. Mas tudo que ele tem ele destrói."

"Queria muito conhecer esse sujeito, tio. Mas, às vezes, tenho sensação de que nunca que vamos encontrá-lo."

"O Galinha não morre, Caçula. Mecê vai ver ele amanhã. Tão branco que chega a cegar os olhos. O homem é um armário: grande, forte, os ombros largos, a voz trovejante. Ele tem certeza das coisas que ordena e das coisas que deseja. Mecê também tem?"

"O quê, tio Gambé?"

"Certeza das coisas que quer?"

"Bom, eu não gostaria mais de sentir qualquer fome, nem de morar com freira."

"Eu não tenho. Não tenho certeza nem do que é certo, nem do que é errado. Não tenho certeza de quem possa ser essa pessoa que mecê enxerga e eu digo ser eu. Certeza de nada. Confusões terríveis aqui dentro. O Galinha, não… O simples é ele e o simples é o certo. Ele tem o dom de dar a morte a quem carece, de transformar em osso todo vivente

espalhado no mundo. De retornar ao pó aquilo que Deus fez vida com mero sopro. O Galinha atira, chicoteia, esmaga. Quando ele grita a gente ouve, quando ele dança a Terra para, quando atira a gente esconde. Acredito que um dia mecê o destruirá com o sopro da sua boca. Porque... o Galinha é desprezível. O homem mais incrível que já vi vivo nesta Terra."
"Tio Gambé."
"Que é, Caçula?"
"Boa noite."

12. Trindade

Era manhã límpida e a garoa só viria no fim do dia. Era manhã límpida e a tropa toda reunida em volta de Galinha. Era manhã límpida e Boca de Fogo, Cuiabano, Serelepe, Bororó, Zé Pintinho, Manoel do Saco e Isidoro formavam mistura de família e sanatório, apóstolos do apocalipse fiéis ao Tenente, alguns cuidando dos cavalos, outros exercitando-se no terreiro central, alguns limpando as carabinas. O Cabra Rachado e o menino sem idade aproximando-se do quartel de olhos quase cerrados por conta do sol intenso. O peito de Gambé se agitou ao mirar Cuiabano, os ombros largos nus, exercitando-se. O pantaneiro fingiu frieza, mas alegrou-se de rever a dupla.

"Tá doido de trazer criança pro quartel, Gambé?"

"Mecê não é muito maior que o Caçula, não, Cuiabano. E o manino tem dois braços, dois olhos e duas bolas, coisa que não possuo há tempos."

Galinha, imenso, riu da chegada inesperada. Seus olhos faiscavam em direção ao Caçula. Tinha os pés descalços cravados na terra seca. Saudando o velho companheiro estropiado, tratou de desagradar Cuiabano, como era usual. Quem disse que aquele novato era criança? O Tenente mesmo iniciara-se na Força Pública aos dezessete anos. Caçula tanto podia ter a idade de dez quanto de dezesseis.

"Cuiabano, nego à toa, você trate de se decidir qual alimal que tu é: veado ou macaco. Não repara que o menino aí é macho de verdade e já porta buço? Gambé, se quiser, o Caçula tem emprego companhando nóis. Tamo precisando de braço duro e perna rápida pra limpá aquela Desamparo. Faiz tempo que tô querendo cair pro oeste, mas cada vez é uma tiriça nova que me trapaia. Agora nóis vai passá fogo naqueles valentão Mané Teixeira e Rabo Grosso. Coronel nenhum me guenta."

"Gambé tá de volta e com um fio grande", alegrou-se Boca de Fogo. "É um dia magnífico, não é?"

O tempo escorreu assim, preparativos lânguidos, a tropa impacientando-se de ficar tamanhos dias sem ação na capital. Galinha tirou os dias seguintes ausente, o Tenente estranhava o comportamento do amigo Israel, que convidara para morar em sua casa. Os cabelos cacheados do outro e o jeito que encostava no ombro de Benedita, quando proseavam, o faziam ter ciúme. Aquela situação era comentada silenciosamente no quartel, mas com a discrição única de quem teme morrer pela boca. Cuiabano tentou convencer Gambé da loucura que era deixar Caçula na tropa. Não lembrava do que o Tenente tentara fazer com ele ali no meio do mato?

"Eu te protegi, não protegi, Cuiabano? Galinha não conseguiu te fazer mulher. Vou cuidar do Caçula também. Só deixo a Força Pública se mecê for cum nóis criar boizinho no Goiás."

Não foram para Goiás, mas mudaram-se todos para a casinha de alvenaria que Gambé alugara alguns anos antes no Bom Retiro, já que Cuiabano quedava-se em um cortiço gorduroso na Liberdade, desde que chegara de Mato Grosso. Sonho de Gambé era ter teto próprio, mas ainda faltava chão. Acabaram acertando-se em trio naquela cidade estrangeira. Foram tempos bons, com Gambé acordando cedinho para passar o cafezinho acompanhado de cuscuz na manteiga, sempre dedicado a transferir seus saberes numéricos para o Caçula, moleque faminto de ideias. Ficavam horas admirando o prédio imponente da Escola Politécnica, ali nas vizinhanças, que nunca se atreveram a adentrar — beleza tamanha botava a gente a se sentir pequeno. Cuiabano achava graça das lições de Gambé, mas entendia pouco. Tocava tortuosamente a viola no fim do dia, vendo o veterano caprichoso com a criança sem idade. Noutros dias levava Caçula para nadar nos rios paulistanos.

"Tio Gambé?"
"Diga, Caçula."
"Eu vou morrer?"
"Que bobagem, manino, os miúdos..."
"Não minta pra ele, Gambé. Todo mundo morre."
"Mecê anda muito desgostoso da vida, Cuiabano. Caçula é só uma criança."

"Toda criança morre."

Vinte e oito famílias emperiquitadas passando em direção ao Santuário do Sagrado Coração de Jesus para a missa. Dois casaizinhos em roupas de linho, uma carroça puxada por um burro com seis crianças sentadas, uma dúzia de jovens de bigode fino pedalando bicicletas mais o quarteto de velhinhas de bengala de cedro com terços nas oito mãos enrugadas. Gambé calculava tudo. Os pares agradavam.

"As almas se salvam, Cuiabano."

"Nesta terra, as crianças precisam ser fortes, Gambé. Precisam ter ossos de rocha. Precisam de couraça em volta da alma. Precisam de muralhas. Não precisam de almas. De que vale uma alma neste lugar? A alma é como um bebê que chora o sono da mãe. Dá trabalho. E só."

Caçula se retirou da frente da casa, onde Gambé e Cuiabano conversavam sentados em banquetas de madeira assistindo a vida acontecer lenta no fim de semana. Foi ler sua Bíblia velha, no quartinho iluminado por uma vela de sebo. Chacoalhava a perna repetidamente, nervoso, procurando algo nas cartas de Paulo que o confortasse. Terminou no Eclesiastes: "o homem nada pode descobrir do que se faz debaixo do sol". Assobiou desgostoso.

"Mecê não devia ter falado essas palavras, Cuiabano, magoou o manino."

"Não foi por antipatia ao Caçula, Gambé. Eu sei o que é estar sozinho no mundão. Estar no mundo mas não ser do mundo. Estou fazendo essa vaquinha de madeira pra ele, talhada na faca. Mire... Uma beleza, não?"

"O manino é o futuro em semente, Cuiabano. Enxergar isso dá alívio."

Quando Cuiabano deu a vaquinha de madeira para o Caçula, este agradeceu, formal, mas fez pouco-caso. Depois não desgrudava do brinquedo. Gambé ralhou para que o garoto não brincasse com aquilo na frente da tropa, dizia que Caçula era crescido já. Na verdade, temia que Galinha percebesse a alegria do jovem e destruísse a vaquinha por maldade. Às vezes, quando Caçula despencava no sono, na pequena cama de varas do quarto, Cuiabano e Gambé entretinham-se em um profundo silêncio, quebrado pelo ruído de um acender de palheiros. Para os dois não havia luxo, apenas um catre com colchão recheado de palha, que dividiam apertados. Em momentos raros, falavam.

"É bom não estar sozinho."

"Ara, Gambé, você move-se sempre em bando. Solidão não é coisa sua."

"Isso cá é diferente, Cuiabano..."

Parte dos policiais, quando não estava pelo interior caçando homens, era usada para reprimir agitações, cada vez mais comuns na cidade. Espanhóis, italianos e ucranianos comunicavam-se em línguas. Praticava-se o milagre de entender-se em idiomas alienígenas que convergiam na ideia de liberdade. Gambé e Caçula admiravam aquelas mágicas que passavam batidas aos autômatos da metrópole. O sonho coletivo eram as jornadas de trabalho com oito horas por dia. Os obreiros das fundições eram mais organizados, assim como os gráficos e os trabalhadores da construção civil. O Bom Retiro fervia de ideias e folhetos. Caçula, curioso com as movimentações, passou a ler alguns panfletos que circulavam ideais diferentes dos das Epístolas, mas com alguma semelhança aos dos Evangelhos. Como os primeiros apóstolos, aqueles pregadores enviavam cartas às comunidades que iam se formando ao redor do mundo. Comunidades primitivas de trabalhadores encontravam-se em Ribeirão Preto, Santos e Campinas. Mas também na Catalunha, em Benevento e em Dnipro.

Então, houve a vez em que Gambé e Cuiabano precisaram ir para o quartel, mas Caçula estava de folga lendo qualquer exemplar de um jornalzinho chamado *A Terra Livre* e uns livretos em espanhol. Gambé passou a mão no sapatinho de bebê que levava no pescoço, benzeu-se, e solicitou que o menino buscasse sal para que pudessem preparar uma boa guarnição de carne-seca. A estrada chamava a Captura, iriam finalmente resolver os problemas dos capangas Rabo Grosso e Mané Teixeira em Desamparo. Observando os treze jornais espalhados pelo chão, Gambé pediu que o Caçula evitasse os anarquistas e suas agitações. O menino saiu cedinho e, quando voltaram do serviço, os policiais não o encontraram em casa.

"Será que o Galinha deu um jeito de abocanhar ele?"

"Mas o Tenente passou o dia conosco, Cuiabano…"

"Você sabe que o Galinha não é um como nós, compadre. Ele é como as pedras, as montanhas, os chifres dos bois e as casas dos cupins."

"Galinha é pura gente de sangue, Cuiabano, nada de encantado é aquele."

"Galinha tem algum encantamento na língua, sim, Gambé. Mesmo falando errado, que nem eu e o Serelepe, quando ele fala o povo para e escuta."

"Quem o povo deve estar escutando agora é o Caçula. Aposto que ele se meteu com os mestres do Curso Normal."

"Como?"

"Contei muito pro manino do meu milagre lá em Cuiabá. Ele é esperto. Deve ter se encantado e ido até o Curso Normal pra ensinar os mestres."

"Gambé, esse menino, solto assim na cidade, só vai entortar. Isso aqui perverte. Nós fomos educados pela roça, não fazemos curva, mas o Caçula ainda é novim. Pra se desviar..."

"Tá certo, Cuiabano, vamo caçar o manino."

Rodopiaram o bairro cheio de trabalhadores voltando das fábricas, os bondes infestados de gentes, as chaminés vomitando fumaças, os botequins devorando corpos, mas não encontraram Caçula de jeito algum. Cuiabano irritava-se com o barulho de eventuais automóveis e com as esbarradas em tantos corpos apertados naquelas ruas centrais. Preocupados, só acalmaram-se quando reconheceram o familiar assobio. Caçula estava bem-vestido e trazia, além do sal, algum dinheiro para Gambé. Onde se metera?

"Estava no centro com uns homens muito inteligentes, tio."

"Os mestres do Curso Normal?"

"Não."

"Aposto que eram aqueles baderneiros espanhóis."

"Também não, eram uns sujeitos que armavam truques muito bons por dinheiro, Cuiabano. Diziam-se mágicos, ilusionistas. Escondiam moedas em copinhos e pediam para as pessoas adivinharem onde estavam. Disseram que uma criança seria boa pra atrair mais clientes. Vendiam terrenos no céu pra complementar a renda. Sujeitos de forte imaginação."

"Te falei, Gambé? O manino vai virar pilantra!"

"Pilantra nada, Cuiabano. Com essa força de contar histórias e inventar verdades, Caçula vai ser advogado. Não descanso enquanto não vir o moleque formado e de terno."

Seguiam a vida. O homem partido ao meio repetia ao Caçula como tinha sido duro sair de Mato Grosso, deixar a Mãe e a Mana para trás, como era importante calcular a vida, ter metas, planejar os passos. Lembrava o que não queria repetir dos modos do Pai; não podia desmoronar só porque estava rachado. Precisava manter a lógica. Outras vezes se contentava em levar Caçula e Cuiabano para rodopios pela cidade. Caçula estranhava tudo: os gregos vendendo seus churrascos giratórios no meio da rua, homens negros alforriados dividindo grandes moradas na Liberdade e na Casa Verde, os alemães de Santo Amaro, que só casavam entre eles e mantinham a prática de rechear as veias com variadas gorduras de porco. Cuiabano e Caçula trocavam sempre as impressões sobre a selvageria do progresso. Cuiabano estranhava os homens-assombração da capital, especialmente eslavos e bávaros, com peles translúcidas, lábios inexistentes e cabelos quebradiços. Compadecia-se do estado de mortos-vivos em que se encontravam, obviamente doentes de alguma moléstia fatal. Além da sua língua fantasma, dos modos adestrados, das comidas indigestas, tinham aquela falta de cor muito diferente dos caboclos e mouros que compunham a maior parte dos brancos do sertão. Brancos que traziam, se não o sangue indígena ou da Andaluzia nas veias, no mínimo o couro curtido pelo sol.

Além do mais, aquele negócio de pagar por tudo que se comia era sem lógica. No oeste, muito caboclo ainda envelhecia sem conhecer açougue. Desprezavam, ainda, os sobrados geminados que se amontoavam um em cima do outro, as pessoas jogando seus esgotos e lixos na cabeça alheia... Às vezes, os dois novatos ousavam comentar, diante do Galinha, as impressões que pipocavam. Cuiabano tinha certeza de que a metrópole era o que tinha endoidado o Tenente. Só podia. O cabra, se tivesse ficado aterrado na sua Rio Claro, não teria findado com os nervos daquele jeito, atiçados. Ou, então, era melhor ter sossegado em São João da Boa Vista, onde se casou com Benedita. Aquela coisa de ordens cansava: o Tenente sempre abaixando a cabeça para os comandantes e os políticos... E, aí, repetia o mesmo com a tropa, gritos e guasca, as veias do pescoço pedindo para arrebentar. Tinha lógica aquele sistema de vida? Os bondes lotados e a Estação da Luz devorando cada dia mais gente dos cantos desconhecidos do mundo. De onde iam tirar tanta comida para aquelas bocas que falavam tão feio? O Tenente, sólido, ria do pânico dos novatos e lembrava de quando tinha chegado em São Paulo, ainda no século anterior.

"Arre, cambada, quando entrei pra força policial da província, isso aqui era um charco. Nada dessa avenida Paulista cheia de salta-pocinha! Eram ruelas estreitas, de terra — o mato se metendo pelos caminho; té mesmo no centro. A estrutura do casario era a taipa, num se via alvenaria nem em casa de coronel."

"Verídico, Tenente?"

"Uai, Caçula, sabe a colinona ali, que se faz de coração da cidade?"

"Lá onde os jesuítas homenagearam santo Paulo com seu colégio?"

"A mesma... Ela era abraçada pelo rio Anhangabaú, de uma banda, e o Tamanduateí da outra. Cambada dus infernos, cês são uns frouxo! Juro por Deus que as margem do Tamanduateí eram... credo, tudo um encharcado só. Naqueles tempo em que bicho falava, São Paulo era mais feita pro viver dos sapo que pros hómi."

13. Oitenta e cinco

Nove rifles de repetição por ação de alavanca desfilando onde o progresso nunca vencia a corrida com as notícias ruins. A Captura em forma de novo, e o diabo loiro liderando com vontade de descontar a guasca que levara de Severino Bom de Tiro.
"Tô ficando frouxo não, cambada, vô passá essa Desamparo no chicote."
No olho, o que tinham era sangue. A parada antes do ataque foi numas cataratas gigantes que lá havia. Promotor ainda moído das pancadas. Cuiabano nadando feito peixe, caboclo das águas. Tucunaré assava na brasa, ali na beira do Salto do Avanhandava, enquanto Gambé ensinava ao Caçula as artimanhas da cozinha. Olhos no véu de águas, que despencava gigante, e na lama medicinal para curar todo cacete já tomado. Eram nove homens vestidos com quepes, fardas azuis, e calças com uma lista vermelha nas la-

terais — mais o Caçula e o Promotor. Tenente Galinha parecia satisfeito.

"Eita, quando vai chegando, coração aperta, tudo fica esquisito e, então, dá uma vontade de matá... E, quando o cabra resiste, chego ao auge: atiro e num erro. Peito parece que explode."

De noite, Tenente deitado na grama picando fumo e papeando com Serelepe e os das antigas. Estavam, também, naquela missão: Manoel do Saco, Bororó, Zé Pintinho e Isidoro, novato que andava caindo nas graças do Tenente. Desde que Galinha implicara com Cuiabano, Isidoro era o mais promissor substituto para o Cabra Rachado. Não tinha tanto estudo, mas sabia escrever — o que bastava. Alheio à sua sucessão, Gambé orientava Caçula no moquém dos peixes que o Galinha tomara dos pescadores. Pesquinha ordinária. Sete lambaris, dois pacus e uma piranha pra fazer caldo; o melhorzinho ali era um tucunaré. Sentaram perto do café que Boca de Fogo passava, enquanto felicitava-se com a felicidade do chefe. "Foi realmente um diazinho magnífico, não foi, Gambé?" Queria guardar aqueles bons momentos numa garrafinha. O Promotor, pequeno, observava Cuiabano hesitando em falar algo. Cuiabano só limpava repetitivamente a arma, parecia matutar algo. Gambé usava o quepe tombado pro lado direito, onde lhe faltava o olho. Com a mão esquerda, segurava firme um pardalzinho, acariciando sua cabecinha medrosa com o dedo calejado. Levava o sapatinho de bebê cigano no cordão, rente ao peito. O diário com a numeralha jazia aos seus pés.

"A gente carece deixar a tropa, Cuiabano, Galinha endoidou de vez. Caçula está todo animado de mudar pro Goiás. O manino é santo e inteligente, quero que seja doutor."

"Galinha é mal necessário, Gambé. Não ouviu o Promotor? O sertão tá empesteado. Que se há de fazer? Virar o rosto e pedir beijo? Tá se achando Cristo Jesus?"

"Aquilo que fizemos dos ciganos foi massacre, isso sim."

"Estavam abusando no roubo dos cavalos. O Galinha sabe..."

"Cuiabano, o cabra endoidou! Vamos galopar daqui em direção ao Goiás. Os dois, em dupla, mais o manino. Eu com esse braço faltando..."

"Cabra Rachado, você se acovardou, compa. Vá você criar boizinho, já falei. Tô aqui numa missão: limpar esse mundão com fogo. Que a gente tem aqui? Político ladrão, promessas que a República não cumpriu, violação de donzela, gringo folgado, índio brabo invadindo terra de gente honesta. Sabe o que é acordar de manhã e não sentir nada? Não se encaixar no corpo, nem no tempo? Querer ter nascido em outra época? Se minha vida acabasse hoje, como está, seria melhor do que ter vivido cem anos, como eu vivia. Arre, às veiz é preciso fibra. Que que sobrou dentro de ti quando te dinamitaram? O medo? Tu não tem nada, Gambé... Tá com medo de perder o quê?"

O Promotor olhava com os olhinhos sem graça, miúdo. Deu meio-sorriso pro Cuiabano com a boca sem beiço. Aquelas orelhas de abano irritavam Gambé. Ostentação para quem tinha perdido a aurícula direita.

"No final das contas", disse o Promotor, enquanto apanhava a sanfona, "a boa intenção é abonadora da ação cruel. Lembre-se de Jó, Gambé, não duvide das intenções de Deus. Tua paciência e tua paixão fraquejam diante das mínimas provações. Que são trinta ciganos diante da salvação de uma nação de milhões? Que são os primogênitos do Egito — desde o filho mais velho do faraó até o filho mais velho da escrava que trabalhava no moinho — diante da liberdade da nação de Israel?"

"Palavras ao vento."

"Olhe pra esse povo estropiado que encontramos no sertão. Essa gente feia, mestiça e apática. O caipira é um bandeirante atrofiado. É o Brasil que podia ser mas não foi. Tivemos a chance de recomeçar com os militares impondo a República, mas quem há de ser grande, quando acredita-se no brio de um exército quasímodo? Nossa carne é fraca, Cabra Rachado. Precisamos, aqui, de homens que queiram ir além do homem comum. Que estejam para o homem comum, assim como o homem está para o macaco. Acredita, mesmo, que o rebanho sabe que precisa de pastor? Acha que a ovelha deseja, desde o princípio, cultuar o sagrado cajado?"

"Acho que o doutor devia tocar mais a sanfona e menos a língua."

"Tenente Galinha pode parecer um demônio loiro, Gambé, mas é remédio amargo que a pestilência social faz indispensável. É bruto, inculto e movido pelos instintos, mas o desgramado tem coragem ou não tem? O Tenente sabe o que é e sabe do que precisa. Num mundo apinhado de ovelhas a buscar pastor que lhes facilite o ruminar, já não é isto muito mais a se oferecer do que tua imensa e paralisante dúvida?"

Perto dali, Claudete e Carlão Vaca Louca voltavam felizes. Abraçados um ao outro, no lombo do burrico, retornavam para o sítio do capanga Alfredo Rabo Grosso. Haviam se casado de papel passado na fuga para General Glicério, mas Claudete arrependera-se da escapada sorrateira. Achava que poderia convencer Rabo Grosso de que Vaca Louca era sujeito honrado. Além do mais, seu avô Felipinho estava doente, empalamado, poderia precisar dela. Caminho bonito. Uma sapucaia, rosa, em flor. Carlão, cabelos fartos e negros, nariz grande e bem desenhado, peito de pomba, apanhando o ovo turquesa do macuco para Claudete — joia do sertão, quem já viu não esquece.

Gigante caboclo, Alfredo Rabo Grosso morava em seu sítio, margem direita do Tietê, com seu Felipinho, o pai paralítico, e Claudete, a sobrinha de quinze anos, de quem era muito zeloso. Sonhava com Claudete freira no convento de Mineiros do Tietê. Como tinha fama de matador, poucos eram os que se arriscavam a prosear com Claudete, a mirar-lhe os olhos mel.

Finalmente os homens de Galinha voltavam ao oeste, e o retorno da Captura amedrontava. Rabo Grosso, que lembrava bem do que a tropa fizera com seu compadre Prudencio, anos atrás, nem teve tempo para a lida do campo naquela manhã; a imagem da comadre Mariana pendurada em uma viga arrepiava. O nome do Tenente botava pânico geral; toda a vadiagem procurava varrer seus rastros. O acerto de contas, agora, era justamente com os capangas do Coronel Manoel, homens como Rabo Grosso e Mané Teixeira. Coronel havia enrolado a Captura com a história do tal Cara de Cavalo, Galinha queria sua desforra.

De volta ao sítio de Alfredo, Carlão Vaca Louca e Claudete encontraram o avô Felipinho metido em suas porcarias, sujo e faminto. Claudete, culpada, pediu para que Carlão enchesse a tina de água para dar um banho caprichado no senhorzinho. Colocou os restos de frango na panela, com os quais cozinharia uma canja, e deu ao avô Felipinho um pedaço de torresmo pra tapear. Lá do sítio, não ficaram sabendo da chegada da Captura à cidade naquele mesmo instante.

Fila indiana de cavalo bom. Casco contra o barro. Molecada roceira correndo atrás, gritando divertidos. Caçula acenando de volta animado, o menino gostava de estar de volta ao mato, sentia-se inteiro. Homens de Galinha rumavam para a cadeiazinha de Desamparo, mexendo com as mulheres que encontravam. Maridos amuados, sem reação; quem tinha juízo se trancava em casa ou ia visitar parente em outros sítios. Finalmente chegaram. Eram quase quinhentos quilômetros desde a capital, muito cafezal no caminho. Desamparo era quente, seca e nova. Crescia em volta da igreja dos Capuchinhos. Um vira-latinha veio latir para o alazão do Galinha.

"Cai pra lá, bicho à toa. Pinica, peste!"

O subdelegado se preocupava mais em manter os homens ordinários longe de brigas banais do que em prender capangas. Quem mandava ali era o Coronel. Por isso, Galinha desprezava levar bandido para a delegacia. "A gente garra os canaia, dá corretivo, põe nas cadeia e os coronéis faz quê? Gradece? Dá boizim? Nada, vai lá e solta. Pau no gato, essa bandidagem é tudo capanga de rico. Vai pro júri e o júri solta. Pra limpá esses sertão, só matando. Assim o governo num precisa gastá dinheiro com bicho solto. Bamo, cambada!"

Tenente gritava, mas no olhar era afeto. Sabia com quem podia contar. Tinha mais confiança nos da Captura do que em Benedita. Serelepe, esguio, sempre ao seu lado. Período de recuperação, na Mooca, correra ácido. Joelho escangalhado e esposa implicando por coisa à toa. Brigavam todos os dias, recordavam-se de pecados do passado, não raro partiam-se pratos nas paredes. O que a mulher queria que Galinha não dava? Pretextato irrompia no meio da discórdia chorando com as mãos nos ouvidos. Grudava na cintura de Benedita, olhava sempre para o chão. "Meu filho puxou a mãe", disse para o Serelepe sem convicção, "tá sempre nas angústia, lagartixa sem rabo. Dá gastura de ver menino, de seus treze anos, como que estilhaçado." Horas e horas que o moleque se trancava no banheiro. Buço, espinhas no rosto, pele pálida; sempre aninhado na sombra materna. Nunca rasgaria o sertão atrás do pai, era o oposto de Caçula, brasa esperta e viva. Chegou a ter inveja de Gambé ensinando o novato a cozinhar.

Tenente completara quarenta anos, mas não encontrara o que lhe faltava. Contentava-se, então, com perguntas mais práticas. "Cadê os valente dessa praga?" O subdelegado rezando a ladainha: alguns ex-capangas do Dioguinho matavam gente e espancavam trabalhador. Eram guerras de coronéis, até a igreja fora fuzilada. Os mais ardilosos ali eram Mané Teixeira e Alfredo Rabo Grosso, as maldades que aprontavam com os posseiros eram tremendas.

"Boca de Fogo, nego à toa, vai cum Serelepe achá um pombeiro bão. Descobre onde tão se mocozando esses ladrão de galinha. Os canaia diz que cavalgava com Dioguinho... Aduvido!"

O subdelegado não tirava os olhos do braço fantasma de Gambé. Mirava a falta que o policial carregava no corpo. Depois, passou a desviar o olhar enquanto dizia onde Galinha podia achar o andarilho Tibúrcio, que todo mundo sabia ter sido pistoleiro de Dioguinho. "O Dioguinho carregava um rosário com as orelhas dos vinte cabras que matou. O tempo passou e as orelhas brancas ficaram pretinhas. Dizem que ele rezava o terço com aquele rosário." O Promotor franziu a boca. Cuiabano olhou pra ele curioso. Gambé piscou o olho bom, tocando com as pontas dos dedos o sapatinho de bebê cigano. *"Carpe noctem."* O pessoal da estrada de ferro batia estacas arrumando os trilhos do trem. A estação apinhada de gente, moleques vendiam balas de coco, kaingangs velhas mendigavam moedas. Um grupo de carroças se aglomerava do lado de fora da estação. O calor sem brisa amolecia as vontades.

"Rosário de orelhas, Promotor?"

"Isso num é conversa pra mecê, Caçula..."

"Uai, Gambé, cê não fez questão de trazer o manino com nóis? Ele quer saber e eu também: que história é essa do teu amigo Dioguinho, Promotor?"

"Cuiabano, caro, não sou advogado de Dioguinho. Diogo era um sujeito contraditório, de fato, mas de grande estima entre a fina flor da sociedade. Cometia barbáries? Ora, isso é inegável, não obstante era tão bom com a gramática e com o grego quanto com o revólver. Calculava com a facilidade do Gambé, sabia narrar causos, comportava-se elegantemente à mesa, era valente, vestia-se com apuro, dançava feito rei, conhecia as leis. Polímata completo! Se fosse europeu teria o destino heroico de um Aristóteles, um Da Vinci, de um patriarca americano. Mas ao Brasil falta pretensão para a épica. Não temos em nosso panteão um só sujeito que não destaque-se mais pela lábia e pelo carisma do que pela eficiência e o método."

Chegando no coreto, rua esvaziava. Caipirada toda corria nos jumentos, trancavam a criançada em casa. Tibúrcio apavorado com a visão das fardas. Alaridos mortos. Bateram tanto no andarilho que o pouco de juízo que tinha na cabeça voou. Aquele nem valia levar preso, castigo dele era viver com horror nas lembranças. Menos de uma hora bastou para o Tibúrcio entregar onde morava Rabo Grosso e caguetar que este agia em parceria com Mané Teixeira. Bandearam pra lá.

Cuiabano arrepiado reconhecia o caminho que tomavam. Estivera ali muitos anos antes de se juntar à tropa do Galinha. Pousou a mão no cabo do revólver. Gambé que contava os pés de café do caminho, estranhou. "Que foi, Cuiabano?" O outro calado. Caçula aproveitou o silêncio para encher o "tio" de perguntas sobre os cafezais. Gostava quando Gambé parava para escutá-lo.

"Tenente, acho que o sítio é aquele ali, viu? Tá sentindo o cheiro de comida?"

"Serelepe, nego à toa, quem sabe nóis num arranja um rebola-queixo pra comer com picadinho de Rabo Grosso? Gambé, Cuiabano, Isidoro, Manoel do Saco, Zé Pintinho vêm cum nóis. Caçula e Promotor aguardem com Boca de Fogo e Bororó. Bamo!"

Cheiro que chegava nas ventas era canja que Claudete descansara no fogo. Lenha em brasa. Depois de limpar as porcarias do vô Felipinho, a sobrinha do Rabo Grosso colocou o senhorzinho fraco na cama e ficou esperando o matador chegar. Estranhava não ter sinal de Rabo Grosso. Fragrância de alho e cebola temperava o vento fraco. Carlão Vaca Louca, o marido fresco, fora aliviar-se na casinha do fundo, quando Serelepe chamou.

"Ô de casa, licença pra chegá."

"Quem vem?"

"É de paz, moça, somos da Captura."

Captura? Será que o tio Rabo Grosso tinha se metido em confusão? Galinha desceu do cavalo, foi até a porta e perguntou para a moça sobre Rabo Grosso. Claudete avisou que o tio tinha ido para a cidade e não voltara até então.

"Serelepe, revira a casa!" Vô Felipinho agitava-se na cama, impotente. Serelepe forçou a entrada com o corpo pequeno e virou a biboca de cambalhota. Meteu as mãos nos artefatos mais íntimos, mas nada do capanga.

"Só tem um véi aleijado na cama, chefe."

"Cambada de incompetente! Tô precisando descarregar o fuzil pra apaziguar a cabeça."

Tenente já dava meia-volta, quando se animou com o cheiro de Claudete.

"Manina, cê é virge?"

"Sou donzela, seu moço, cabei casá com meu noivo, Carlão Vaca Louca. Ele também se poupou pra mim."

"Vaca Louca?", desconfiou Galinha. Já tinha matado um tal Vacabrava junto com seu parceiro Canguçu, na vila do Ribeirãozinho. O extermínio da dupla lhe rendera fama, moda de viola e condecorações. "Vaca Louca?" Aquilo era nome de ladrão de gado.

"Tenente, me concede as honra de ser o primeiro da moçoila?"

"Ora, Serelepe, onde já se viu soldado querendo passá a perna em oficial? A honra é toda minha."

Claudete desesperou-se, um mar revolto explodia nas tripas. Inverno no estômago, suor nas mãos moles. Gritaria. Tenente Galinha lhe deu uma surra de rabo de tatu, Serelepe e Isidoro empurraram-na para a cama em que estava o seu Felipinho. Cuiabano congelado testemunhava tudo. Serelepe, segurando a moça, olhou para ele e provocou:

"Hoje o Gambé num vai te salvar de provar donzela, Cuiabano. Deixa de ser baita, moço!"

Ódio subindo com o refluxo pelo esôfago ardido. O soldado pantaneiro sacou a arma, cuspiu no chão e apontou para Serelepe. "Vai me matar, afrescalhado? Quem saca arma tem que ter coragem de atirar..." Galinha assustou-se com a rebeldia do recruta. "Tá doido, moleque, num guenta brincadeira?"

"Meu Tenente, precisamos caçar Rabo Grosso e Mané Teixeira, meu Tenente... Desculpe o Cuiabano, mas bamo sair daqui? Cuiabano, compa, abaixa essa arma, não tem precisão de mais confusão."

Gambé tentava argumentar enquanto Cuiabano mantinha a arma trêmula apontada para Serelepe e olhava com ódio para o Tenente. Cabra Rachado torcia para que o companheiro não apontasse o cano para o Galinha, seria sua sentença de morte. Isidoro segurava Claudete pelos braços, deitada na cama ao lado de Felipinho. O avô assistia à violência paralisado. O que evitou o fratricídio miliciano foi Vaca Louca vindo do banheiro, apavorado com os gritos. Deparou-se com a esposa rendida por Serelepe e este rendido pela arma salvadora de Cuiabano. Sem pensar muito na cena, partiu com uma pá para cima do homem de confiança de Galinha. Acertou a cabeça do cabra, que começou a sangrar. Foi sua desgraça. Cuiabano baixou a arma e Zé Pintinho, Isidoro e Manoel do Saco moeram Vaca Louca de pancadas, quebrando os ossos dos seus braços e do seu nariz com as coronhas dos fuzis. Quando viu Galinha esticando a corda para laçar Claudete, Cuiabano saiu do casebre tremendo. Não podia ignorar as lamúrias de Vaca Louca.

"Isso não se faz pra quem trabaia. Não sô vagabundo, gente. Pelo amor de Deus, pare. Piedade! Pelo amor de Deus..."

"Você é o tal Vaca Louca?"

"Sou, sim, sinhô. Quem são vocês? Bandido de farda? Pra que desgraçar trabalhador?"

"Rabo Grosso é trabaiador agora, canaia?"

"Num tenho nada que ver com esse tipo, aí, meu pai trabaia lá no trem."

"Sei... E acabou na casa do bandido por coincidência? Ninguém apanha de graça. Escuta, Vaca Louca, cê é virge memo?"

"Sô, sim, sinhô. Cristão com muito orgulho."

"Pois, aí, Serelepe. Cê queria descabaçá a moça? Vai tê que encará o papa-hóstia que lhe rachou o coco... Que acha? Vaca Louca num queria salvar a muié? Vai tomá couro em seu lugar, pois."

Serelepe, sorrindo, puxou Vaca Louca pelo braço. Seu Felipinho, oitenta e cinco anos, assistiu ao terror desenrolar-se ao seu lado, na cama, tendo uma sequência de derrames que o deixaram cego pelos cinco anos restantes de sua vida. Os corpos alheios esfregando-se ao seu. Sal chovia de seus olhos sertanejos. Com os dois noivos lacrimejando abraçados, Galinha ainda perguntou, gargalhando:

"Olha aqui, manina, agora que Vaca Louca num é mais donzela, gostaria de saber onde encontro um bandido nessa cidade. Ou então vou matá seu marido frouxo e esse véi cagado."

Claudete entregou o endereço do Mané Teixeira, chorando e torcendo para que o tio Rabo Grosso não aparecesse em casa. Como Mané Teixeira tinha se entocado na fazenda do Coronel Manoel Antero dos Santos, pros lados de Bauru, a Captura cavalgou para Desamparo, onde ficaram bebendo e jogando malha na frente da bodega. Cuiabano, Caçula e Gambé vinham um pouco atrás da tropa, arrebentados pelo real. Gambé preocupava-se com a situação de

Cuiabano, aquilo de apontar arma pra Serelepe não podia acabar bem. Tenente era rancoroso. Ele próprio não era de participar dos abusos comandados por Galinha, mas também nunca reagira. De onde Cuiabano sacava tal coragem? Coragem ou doidice? Caçula falava com sua vaquinha de madeira.

"Eu vou morrer?", perguntava a vaquinha, no jogo do menino.

"Todas as crianças morrem."

"Mas eu não quero morrer."

"Tudo bem, vaquinha, se você morresse eu ia querer morrer também."

Galinha não tinha satisfeito ainda a desforra que buscava desde a sova tomada de Severino Bom de Tiro. Sentira-se humilhado pelo susto que levara ao ver Cuiabano apontar a arma para Serelepe. O recruta merecia um corretivo, isso seria bom para Galinha perceber-se mais firme, o Tenente agigantava-se na estrada, mas passara tempo demais na capital com Benedita e seu filho Pretextato. Demorara muito a vir resolver os assuntos daquela Desamparo que já nascia entortada pelas intrigas de políticos mesquinhos. Quem mandava ali era ele. Desde tempos imemoriais era assim na Paulistânia. Terra aberta pelas mãos de homens-rocha, homens-queixada, que passavam derrubando árvores e gentes. Nada de engravatados da capital naquele pedaço de solo seco que se misturava com sua pele partida pelo sol. "Eu sou a lei", repetia o Galinha sempre.

"Eu acho que isso tá pouco ainda, viu, cambada? Parece que Mané Teixeira tem vinte e nove morte nas costa, vamo mandá esse desgraçado pro inferno."

Serelepe se empolgou, apreciava Desamparo. "Tem muita muiezada aqui, hein, Tenente? E os homem é tudo frouxo, bora passar a vara na quengaiada!" Enquanto ele, Galinha, Promotor, Bororó, Isidoro, Zé Pintinho e Manoel do Saco se divertiam tentando acertar com ferraduras a estaca enfiada no chão, Cuiabano, Gambé e Caçula refugiavam-se num canto observando o subdelegado vindo em direção à tropa com seu bigodinho fino, pele rosada e corpinho esguio. Ter que falar com o Tenente o botava desesperado. Galinha pensava, naquele momento, em substituir Gambé por Isidoro para os serviços de ler e escrever. O antigo companheiro estava quebrado e frouxo e Cuiabano, de quem se tornara inseparável, tinha passado dos limites.

"Tenente, senhor sabe que sou subdelegado desta vila. Soube que o senhor torturou o andarilho Tibúrcio e mais dois parentes do Rabo Grosso: Claudete e Carlão…"

"E que que tem isso? Sou a lei por onde passo."

"Ora, tem que o senhor fica preso, aguardando as ordens do quartel."

"Preso? Óia, seu alimal, num sabe com quem tá falando?"

O quente da coisa só esfriou quando Coronel Manoel apareceu, vindo de Bauru, fortemente armado e com dinheiro no bolso. Se propôs a pagar a liberdade dos capangas. "Dos meus bandidos, cuido eu." Usou argumentos que ninguém nunca ficará sabendo. Era bom com as palavras. Perguntou se queriam mais alguma coisa para deixar sua cidade em paz.

Os policiais do Galinha disseram que queriam mulher. Coronel Manoel Antero dos Santos negociou, então, uma noite livre na zona das chinas. Quando encontraram uma das quengas, no dia seguinte, perguntaram do Tenente Galinha, que ela tanto idolatrava antes como herói. A chinoca fez cara de nojo e falou: "Galinha, cruz-credo, aquele não é homem, é bicho. Nunca fiz tanta porqueirada na minha vida". E mais não disse, nem se quis saber.

14. Nenhuma chance

Vingança tinha retrogosto de fracasso. Ódio era bomba de estilhaços. Espirrava como gordura quente e queimava, ardendo crianças no meio do caminho. Aquele ali — transtornado, de arma na mão — era o Cuiabano. No chão, ensanguentados, Serelepe, Boca de Fogo e o Promotor. Vermelho e verde, rodeado de marrom seco. Sangue regando o cerradão da Noroeste. Tenente Galinha baleado no braço subia o morro procurando abrigo da gruta. Alvo fácil? Sem balas no revólver do Gambé. Os peixes no córrego quietinhos, só o sapo quebrava a lei do silêncio. Gambé, rachado, bufava, suava, punha a mão no peito que ardia. Sapatinho de pano. Moscas gordas, famintas e esverdeadas, cercavam o corpo frio do Serelepe. Caçula agarrado nas pernas do "tio", assustado. "O Jorginho do Sertão rapazinho de talento. Numa carpa de café enjeitô treis casamentos", era o Promotor, acocorado, delirando em versinhos. As formiguinhas levando nas costas os pedaços de um besouro. Como tinham descido tão baixo?

Fazia-se um fuzuê danado na volta de Desamparo. Cavalgavam em direção à capital, sem prisioneiros, mas com uma lista grande de serviços prestados à sociedade. Serelepe mamava direto do garrafão de pinga, contentíssimo. Humor do Galinha ia se metamorfoseando ao longo do caminho: ali, ele, rei. Em casa, quem dava as cartas era Benedita. O filho, sempre amarelo, sem vontade, seguindo a mãe como uma sombra. Ia para a cama agoniado, dizia que não gostava de dormir. Pedia para Benedita velar seu sono, às vezes escapulia para a cama dos pais. Quando bebê, a madrugada toda em choro, não havia chá que acalmasse. Mal pegava o peito, mamava cinco minutos e cessava. Tinha cólicas terríveis. A quem puxara aquela fraqueza teimosa? Se Galinha arrastava as caipirinhas para o mato sempre que era convocado para o sertão, que dizer de Benedita? A esposa era terrível! Havia uma vontade de vida naquele corpo que assustava o militar. A covardia do menino era a dele?

"Tão vendo, cambada dus inferno? Devia ter matado aqueles Mané Teixeira e Rabo Grosso... É como sempre repito: os bandido vai a júri e sai livre. Negada!"

Galinha se revoltava. Quando estava com a arma na nuca de algum meliante, as mãos do facínora amarradas com corda firme, as pernas ajoelhadas trêmulas, o medo borbulhando no sangue, o intestino sem controle; quando era polícia, promotor, juiz, carrasco e coveiro, Galinha sentia que tinha, nas mãos, algum poder de moldar o mundo. Era possível consertar a maldade reinante. Quando a coisa espirrava para o sistema, de fato, virava tudo teatro. Galinha era bruto, sem estudo, mas tinha o dom de entender o que se passava à sua volta.

 O que tinha irritado o Galinha era Promotor informando o destino do Cara de Cavalo. O desgraçado tinha se livrado da cadeia. Era afilhado político do Coronel? Mas não fora o próprio Manoel Antero dos Santos quem encomendara a prisão do meliante para evitar que ele assaltasse o trem? Tramoias. O braço que Gambé não tinha mais doeu. Cara de Cavalo surgira com a estrada de ferro. Usava dinamite, fuzil Springfield M1903 (nada de Winchester para ele) e diziam até que andava de automóvel. Era a cara do futuro. Perto dele, que eram os homens do Galinha? Matutos tortos, ciclopes do cerrado. Galinha não sabia nem terminar o pai-nosso. Mas com a arma na nuca… até Cara de Cavalo tremera. Tinha mijado nas calças. A cena foi dias depois que a TNT arrebentou Gambé. Os bandidos iam assaltar o trem em Bauru. Galinha e a Captura passaram dias caçando Cara de Cavalo para vingar a covardia que aprontara, rachando Gambé ao meio. "É de cabra assim que eu gosto de encará, dá mais sensação de garrá", dizia Galinha radiante.

 Gambé achava que sabia o que era ser homem até aquele dia da TNT. Que é um homem hoje? Nem quando olhava no espelho, via um. Nem quando pensava no certo pelo certo, tinha certeza que a vida valeu. Que combateu o bom combate. Covarde. Mas a mão que apertava o gatilho nem estava mais ali, e a esquerda era aquela coisa: frouxa.

O fogo que lhe carcomia embaixo agora andava apagado. Logo ele, nascido nas brasas. Olhava para as chinas de zona e era como se olhasse para o seu cavalo Fantasma, para um passarinho, para uma criança; para o Caçula. Ficava feliz quando via uma mulher bonita, como ficava feliz quando via uma primavera florida. E só. Gostava da camaradagem de raros. O Cuiabano era um cabra bom, via-se nos olhos. A pele reluzia e as sardas temperavam. Se ficasse mais tempo com o Galinha iria entortar igual os outros. Caçula devia estar certo, a cidade grande era inimiga da retidão e corrompia desde Sodoma e Gomorra. Menino esperto aquele, queria que o piá vivesse o que ele próprio não pôde: formar-se em advocacia, ser visto como gente.

Por que o Galinha não matou o Cara de Cavalo quando prenderam ele? Gambé fraquejava capotado em um catre de hospital, não testemunhou, mas dizem que veio gente importante intervir. O bandido cabeludo amarrado, as mãos nas costas, o nariz grande quebrado de pancada. A valentia mijada numa mancha na calça. Coronel Manoel mandando emissário na horinha mesmo. Galinha se fazia difícil. "Num adianta. Tô aqui pra prendê e não pra vendê ladrão de cavalo. Pode descansá, gente. Serelepe dá as ordem."

Muitas noites Gambé passou lendo a Bíblia com o Caçula, meditando. "Prouvera que fosses frio ou quente. Assim, porque és morno e nem quente nem frio, estou prestes a te vomitar da minha boca." O morno é que não vale. O morno e o neutro são piores que o feio, que o mau, que o injusto. Vomitar tudo que fosse morno para que surgisse alguma verdade. O frio, sim. O quente, sim. Mas essas coisas sem sal? Agora, Gambé tinha se tornado massa morna por medo de errar. Sem querer ser nem Galinha, nem Dioguinho, tinha se tornado um escravo do medo. Pelo medo de ser algo ruim, Cabra Rachado não era nada. Só esse estropiado morno que cavalga, sombra de um bando de homens ao qual nem pertence mais.

Quando pararam para descansar, no sítio da benzedeira Hermínia, Boca de Fogo sentiu-se em casa. Já não estavam em Desamparo e cavalgavam para São Paulo. Fez a oração que a mãe lhe ensinara para fechar o corpo. "Salvo fui, salvo sou, salvo serei." Queria que alguém se metesse, com ele, a pescar corvina para Gambé condimentar com as ervas da velha espanhola. Alho e cebola rebolavam no azeite de Montilla e os temperos que Gambé e Caçula picavam, Boca de Fogo nem sabia o que podiam ser. "Esse foi um dia magnífico, realmente", se limitava a celebrar. Admirava a resiliência do companheiro. Não achara que Gambé fosse reerguer-se, partido, depois de ser estilhaçado pela dinamite do Cara de Cavalo. O colega era diferenciado, domava os números, os temperos e as brasas. Boca de Fogo só não gostava muito de ver o velho compadre tão grudado ao Cuiabano, roseira com espinhos. Tinha, no entanto, garrado afeição por Caçula. O menino santo era feio e acabado, mas forte e esperto. Só Caçula decifrava os números que Gambé elaborava compulsivo em seu diário.

Barulhada de cigarra, grilo e sapo eram as canções de ninar favoritas para o Cabra Rachado embalar Caçula de noite. Lhe faziam sentir dentro da barriga da Mãe, que não vivia mais. Os dois homens órfãos inventando algum conforto no cerrado, aliviados da distância de qualquer imensidão cinza. Distância dos homens-cupins devorando árvores, abrindo feridas nas terras, tratando rio como se gente não fosse. Aquele céu limpo do interior quente deixava o vivente conversar com as estrelas. Cuiabano, desgostoso, tinha perdido a magia no olhar para essas coisas.

"Me dá uma agonia, esse mundaréu de luz lá no alto, compa. Uma sensação de pequenez, de que não somos nada: penas de sabiá em vendaval."

"E isso não acalma, Cuiabano?"

"Arre, Gambé, quero ser alguma coisa. Tô cansado de viver pontinho no campo grande. Queria escrever o nome na pedra, fazer diferença — que nem o Dioguinho. O cabra era ruim? Demais da conta! Mas vão estar cantando ele daqui cem anos. Igualzinho o Galinha. Dois nomes pro mesmo demônio. 'Kairu e Kamé', dizem os kaingangs. Olha o Tenente, compa: as mãos rochosas dele tiram e dão vida. É ruim com as palavras e as escritas, mas o que ele fala é a língua de Deus, a língua que cria e destrói, língua que inventou essas estrelas tudo. Espinha dorsal da Terra. E nóis? Coisa nenhuma. Também vou botar meu nome na pedra, tá me escutando bem? Vou ser cantado por fazer o certo pelo certo. Arcanjo Azrael. Cê acha que alguém vai lembrar daquela moça Mariana chorando pendurada em uma viga, com o marido morto, tiro na testa, por tentar defendê-la?"

"Mariana?"

"Tá vendo, Gambé, nem você se recorda mais da moça que o Galinha desgraçou em Desamparo dezessete anos atrás. Agora fizeram o mesmo com a sobrinha do Rabo

Grosso... As mesmas maldades repetindo-se, infinitas, num oeste sem lei."

"Ah, Cuiabano, mas da sobrinha do bandido eu lembro, ué. Foi agorinha mesmo, mecê até perdeu o juízo e apontou arma pro Serelepe. Eu..."

"Eu lembro... lembro demais! Esse é defeito meu. Lembro tudo. A coisa gruda no colorido do olho e não desgarra. Entra pra cabeça e fica martelando: 'Não esqueça, não esqueça'. E dá pra esquecer? Das lágrimas? Da fraqueza? Daquele horror que explode e apaga? Aí, o quê? A vida segue como se fosse tudo as penas da sabiá que o vento carregou? Eu vejo nessa peninha voando a sabiá que morreu. O canto que ela cantou um dia. E eu quero ser essa sabiá e não a atiradeira que a derruba. Quero ser essa sabiá com fúria."

Gambé devia ter entendido o que estava para acontecer. Devia ter previsto. A admiração inicial pelo Galinha era cilada, as tentativas de aproximação... Aquele ódio do Cuiabano era antigo, cozido em fogo baixo, como se cozinham as melhores vinganças. Mas, naquela hora, o lado ruim de Gambé era quem comandava a cabeça, tentou segurar na mão do amigo, mas este se desvencilhou áspero.

"Saracura é bicho feio, tem cabelo inté no joeio, truco no buraco do meio", Serelepe gritava provocativo atiçando os adversários: Isidoro e Promotor. Jogar carteado contra ele era teste de nervos. O Promotor não se afetava. Esmiuçava nos olhos do Serelepe e via o blefe. Se o outro vinha de truco, ele pedia meio pau e se dispunha a dobrar aposta. Bebia bem sua cachacinha, mas sem demonstrar alteração. Desde a ciganada, andava mais perto do Gambé e do Cuiabano do que do Galinha. Vai saber se continuaria acompanhando a Captura depois da volta para a capital. Dava cada vez menos discursos. Carteado mal acabou, Manoel do Saco, Zé Pintinho e Isidoro ouviram falar de uma viúva que brincava com homem por dinheiro. Resolveram conferir. Galinha preferiu ficar. Cuiabano deitou, mas não dormiu. Nem Gambé. Ficou mirando com o olho bom, velando o Caçula, que roncava leve agarrado com sua Bíblia, ainda perturbado com as violações testemunhadas. Cabra Rachado incomodou-se com Cuiabano descrevendo o Galinha como homem forte, maior que a vida, força da natureza que move os ossos do mundo de lugar.

Quando apenas as estrelas seguiam acordadas, alumiando o céu sem lua, Cuiabano se ergueu e escorreu, sorrateiro, para o canto do Galinha. Gambé não acreditou que o companheiro fosse fazer isso. Já não o tinha salvado da luxúria do Tenente uma vez? Cuiabano admirava tanto o Galinha que, para se desculpar por apontar a arma para Serelepe, precisava se sujar com ele, sentir aquela força da natureza correndo nas suas veias também?

Que o quê! Havia na mão de Cuiabano uma faca; morte silenciosa. A sorte do Galinha foi a desgraça do Serelepe. Quando Cuiabano acabara de deitar atrás do Galinha, Serelepe despertou fanfarrão para esvaziar a bexiga. Viu Cuiabano com a mão na boca do líder e troçou: "Eita, Tenente, tá levando atrás agora?". Cuiabano assustou-se e levantou com a faca afiada no bucho do Serelepe, que despencou com as tripas dançando. Galinha ergueu-se no pulo, urrando desarmado. Cuiabano enervado se atrapalhou no sacar da arma.

"Tá maluco, moleque? Matando companheiro?"

"Moleque o carai, Galinha sujo, vim aqui foi fazê justiça pro pai, Prudencio, e pra mãe, que cê pendurou, igual carne de abate!"

"Prudencio?"

Nisso, Gambé já estava de pé com o revólver na mão esquerda fazendo ferro cantar, porque Promotor e Boca de Fogo queriam exterminar o Cuiabano traíra, enquanto Bororó corria catar reforço. Caçula chorava e Promotor gritava: "Endoidou de vez, o novato endoidou!". Boca de Fogo sacou a 44 berrando forte: "Deram uma facada no Tenente!". Galinha foi-se em disparada, tremenda fuga. Os cavalos agitados no relinchar. Cuiabano, desajeitado, conseguiu engatilhar a arma e picar bala. Gambé, ainda zonzo mas sem tempo pra dúvidas: rasgou as tripas de Boca de Fogo no chumbo, estourou a cabeça do Serelepe no chão e garantiu que quando os demais policiais voltassem, iriam correr para a casa da dona Hermínia atrás de proteção divina. A prioridade era salvar Cuiabano e proteger Caçula — sua matilha. Um ódio queimava seu corpo manco inteiro. Fazia tempo que não matava por gosto. A mão esquerda não era a melhor, mas conhecia os caminhos do gatilho. Boca de Fogo, arrebentado, levantou os braços e gritou: "Não atira, compa, não atira, que eu tô neutro".

Cabra Rachado tinha nojo do neutro, do morno, do mole. Aquele bolor que prendia seus movimentos, aquelas nuvens que ele levava na cabeça estavam se dissipando. A falta de sal no mundo, o desejo que murcha. Sumia a falta de vontade de levantar da cama, a falta de vontade de engolir a paçoca de carne-seca, a falta de vontade de achar alguma beleza para enganar o olho. Já não queria pensar nos seus erros, nos que ele tinha feito sofrer. Se tinha desgraçado alguém no meio do caminho, se não tinha sido homem o suficiente para dar na cara da vida, nada podia fazer mais. E o que tinham feito com ele? Não tinha sido um filho bom? Para que o dom do cálculo e, então, ser abandonado nas cruzes da vida? Por que Deus jogou aquele demônio do Wa'uburé pra desgraçar sua família? Seu avô alforriado mudando o nome de Correia para Correto, o Pai evitando as trapaças dos grileiros, labutando com os boizinhos no sítio velho. Depois, seus trampos de boiadeiro, de porteiro, de alfaiate. As mulheres ricas olhando para suas mãos sujas com desprezo, fazendo cara de nojo quando sentiam o cheiro de animal encalacrado no seu corpo. A polaca da zona que se recusou a dormir com ele: "Com esse mestiço eu pago para não deitar", falou com nojo. O pessoal do Curso Normal, em Cuiabá, virando a cara quando viam suas botas sujas, o sotaque matuto. O colega que perguntou por que ele usava umas roupas tão largas se era tão magro. "Magro que nem um grilo", rira o tal. Era porque Gambé ganhava as roupas dos primos maiores que ele e não tinha conhecimento para ajustá-las. Não mandava fazer seus ternos em São Paulo como o colega do Normal, sujeito rico. Foi por isso que se meteu a alfaiate. A vida era dura só pra quem Gambé fizera mal? E ele não errara tanto tentando acertar em algo? Agora não pensava em nada. Era como se o rio que corria solto em sua mente tivesse parado e estancado em lago. Um silêncio bom na cabeça. O Promotor apontou a Mauser pras costas do Cuiabano que perseguia o Galinha e já lhe tinha alvejado o ombro. Gambé estourou a mãozinha covarde do Promotor e depois apontou para sua cabeça. "Tio, não faz isso!", gritou Caçula, enquanto orava. Os olhos do menino, secos de cristais, chegando a verter sangue.

Gambé achou pouco. Por que não atirara na cabeça do Promotor? Pelo menos agora ele não iria mais tocar aquela sanfona arrogante, nem assinar com a letra bonita — caligrafia de quem aprendeu a escrever ainda menino em colégio bom. Agora, Promotor também ia ter dúvidas. Uns pedaços dele no chão. O olhar que não dizia nada entre as orelhas de abano. Queria o quê? Matar o Cuiabano pelas costas? Parceiro do Gambé? Mandar um companheiro pro inferno só porque ele teve um dia ruim? E ruim não era o Galinha sempre? Malandra é a pomba que caga voando e limpa o cu com o vento.

Tenente Galinha baleado no ombro subia o morro procurando abrigo da gruta. Sem balas no revólver do Gambé. As moscas gordas, famintas e esverdeadas cercavam o corpo frio do Serelepe. Promotor delirava em versinhos. Estávamos de volta ao começo. O Cuiabano levando a faca nos dentes para subir o morro; o revólver no coldre. O Galinha ferido recuperava o fôlego. A urubuzada revoando. Tinha chegado na gruta. Gambé, agarrado com o Caçula, torcia para o Cuiabano ainda ter um tiro na arma. O parceiro subia brabo, franzindo os olhos. Lembrava dos pais: Mariana e Prudencio. Lembrava da sina repetida: Vaca Louca e Claudete, filha do padrinho Rabo Grosso. Lembrava e a raiva queimava. Devia ter atirado em Serelepe quando pôde, devia ter matado o Galinha no tiroteio com o Bom de Tiro, não devia ter recuado tanto de seu plano original quando o Tenente tentara violá-lo e Gambé o salvara. Foi naquela noite que decidiu poupar o Cabra Rachado da sua vingança. Alvo principal sempre foi o Galinha, cabeça da tropa, mas quem mais estivesse junto deveria ir pra vala. Não tinha grandes esperanças de sair vivo dali, mas faria algo tão grande quanto aquele morro. Escreveria a vingança, em nome dos pais que nunca souberam escrever, nas rochas do tempo. O humano resistia. Gambé torcia por ele. Sabia que Galinha já deveria ter sido parado muito tempo antes, mas preferia que ele e Cuiabano já estivessem longe dali.

Galinha esperando acovardado. Vistoriava o terreno com os olhos à procura de algo, uma pedra, um galho, que lhe servissem de arma. Era bom de pancada quando estava com o bando, sozinho perdia o brio. Falastrão, piadista, gargalhava dos próprios chistes. Agora estava amuado por aquele menino delicado e bonito de pele escura, sardas e sangue no olho que repetia: "Você desgraçou minha mãe, você matou meu pai!". O Galinha, sem memória, esperava estremecido.

"Já tá rezano, Galinha? Reza, canaia. Num sabe? Já rezô pra alma daquele coitado que morreu com uma bala na cabeça? Aquele que cê matou só porque tava gritando enfurecido de encontrar a mulher pendurada numa viga? Sei de tudo. Era compadre do tal Rabo Grosso, de quem você destruiu a sobrinha inda agorinha. Com os anos passados, nada mudou em você... Arrependimento? Nenhum."

"Perdão, Cuiabano, eu..."

"Eu sou o fruto daquela noite macabra em que você arruinou meus pais a custo de nada. Sou o fruto que deveria ter secado mas vingou. Cê num lembra? Foda-se! Os coitados num vai ficá num buraco sozinho, não. Cê vai mais eles, fi di puta, corno, guampudo!"

"Pelo amor de Deus, Cuiabano..."

"Cuiabano? Isso num era nome meu. A mãe endoideceu quando achou o corpo do pai sem condições de enterro em caixão aberto. Não conseguia nem olhar o fio que pariu, escondida em Mato Grosso. Cuiabano virou nome desse menino sem infância. Mariana passou a vestir o moleque com as roupas do finado Prudencio..."

"Cuiabano..."

"E o noivinho que você desgraçou em Desamparo? Aquilo que fizeram com ele na frente da esposa... O nome dela era Claudete, tá ouvindo? Era Claudete! Sobrinha do Alfredo Rabo Grosso, compa de meu pai. Tá chorando? Ela também tá... Pede perdão a Deus."

"Pelo amor de Deus, perdão, Cuiabano!"

"Reza, bicho ruim. Num sabe? Rezo procê, alimal."

Cuiabano orou a extrema-unção e engatilhou a arma. Era a hora, finalmente, de alguma justiça naquele sertão. Clique. Sem bala. O Galinha gargalhou alto. Cuiabano com os dentes cerrados. Um ódio da vida imenso. Maior que as quedas do Avanhandava. Foi para cima do Tenente com a faca. Acertou do lado direito, onde o ombro já fora escangalhado. O Galinha de pé, gigante, muito maior que o jovem. A gargalhada não parava. Gambé e Caçula lá embaixo olhando os pontinhos no alto se engalfinhando, o Galinha parecia uma coisa que não era humana. Uma coisa que o Cuiabano tinha enxergado e Gambé não tinha entendido ainda. O Cuiabano era o humano, pequeno, corajoso, ingênuo, acreditando em alguma justiça no mundo. O Galinha não acreditava em nada que não fosse ele. Não cria em nada que não fosse verbo. Agia, ria, segurava a mão que lhe cravava o punhal e torcia até esmigalhar os ossos. Era a serpente que se acovarda diante do perigo mas parte para o bote quando lhe dão as costas. Ergueu o Cuiabano no alto e arremessou no chão seco, espantando os cupins que se acumulavam ali. Os olhos do moço arregalados pareciam assistir aquilo como se não fosse com ele. Estatelado no chão, hipnotizado com a desgraça, entorpecia-se com a força bruta que erguia uma pedra imensa sobre a sua cabeça e lhe olhava como uma formiguinha prestes a ser esmagada.

"Seu moleque ingrato, queria me matá? Vai pagá, vai pagá, canaia. Eu sou a lei! Tá ouvindo bem? Onde eu passo, onde eu piso, eu sou a lei, tá ouvindo bem, hein, preto safado? Cê é um bandidinho sujo, baitola. Cê é um lixo, negada suja, peste, traíra, Judas!"

E esmagou a cabeça do Cuiabano, arfando, com a pedra gigante batendo repetidas vezes até que o rosto bonito virasse a terra e a terra virasse o nada. "Cambada dus inferno!", gritava. "Eu, não, não morro. Eu, não. Não morro nas mãos de traíra, de bandido, não morro. Eu sou a lei, canaiada!" E foi se arrastando imenso para o lado oposto de onde Gambé e Caçula assistiam ao sacrifício do Cuiabano para aquele Deus desconhecido e invisível que observava tudo cego, que ouvia em surdez absoluta, mas parecia — ainda assim — orquestrar tudo que se equilibrava, evitando que se desmanchasse no ar. "Magnífico", balbuciava Boca de Fogo, como que orando em sua morte. "Acabou?", perguntou o Promotor segurando a mão direita estropiada. Gambé confirmou com a cabeça. "O Cuiabano deu trabalho a ele?" Gambé mirou o Promotor com o olho ruim. Soergueu a sobrancelha. Promotor não havia visto nada, deitado no chão. Mas sabia. "Deus proverá para si o cordeiro para o holocausto", murmurou. Gambé o desprezou. Mas o pequeno homem da justiça parecia estar realmente encantado com o Cuiabano, como se o tivesse descoberto repentinamente, como se o tivesse finalmente enxergado. "Hoje vi algo de extraordinário", disse erguendo-se, como se a mão houvesse sido curada milagrosamente, "não preciso mais do Galinha." Gambé recuperando-se do transe perguntou ao Promotor, que mergulhava em alumbramento:

"O doutor vai embora assim sem eira nem beira?"

"Não é com base em pão só que viverá o ser humano."

Gambé deixou o Caçula despedindo-se do Promotor com os olhos que já não mais podiam chorar milagres e subiu o morro lentamente. O corpo atraído pela terra, arrastado. Gostaria de enterrar o Cuiabano de forma cristã. Pensou em como tinha sonhado construir uma vida com o companheiro nas terrinhas goianas próximas de Barreiras. Ou cavalgando por aí, dois em dupla. Fora feliz naquele último ano morando com o parceiro e o menino Caçula. Casa sua foram os dois; trindade. Envergonhou-se um tanto. Aquele pensamento aquecia o coração que pensava não ter mais. Andorinhas no alto lembravam que a Terra não se enluta por nenhum de nós. Com o Galinha seria diferente? Sobreviveria à jornada de volta? O rosto do Cuiabano perdido para sempre já começava a distanciar-se da memória de Gambé. Ainda havia uma imagem nele, mas não podia checar se era fiel ao que um dia fora seu companheiro. O uniforme azul manchado de sangue, o corpo forte. Ninguém de testemunha. Mato, pedras, poeira e uns bichos. Tocou o corpo do Cuiabano, a vontade era de um abraço. Seus dedos entre as virilhas do amigo morto. Por um momento desejou que Cuiabano fosse donzela escondida em farda de homem e não o filho desgraçado de Prudencio e Mariana. Abriu-lhe a farda e observou, uma última vez, o corpo jovem e forte que descobrira pela primeira vez naquele rio lamacento depois do encontro com os ciganos. Só então permitiu que as lágrimas regassem seu olho que cerrava-se dolorido. Negro nada.

15. Meio vazio

    Benedita Oliveira carregava uma galáxia no olhar. Sua arte era transformar dois globos oculares em estrelas que mudavam de posição a cada piscada. Suas constelações formavam signos, ora tristes, ora enigmáticos, ora apaixonados, mas sempre desafiadores. Magra, cabelos castanho-escuros presos na nuca, pele clara; usava um casaco preto sobre a camisa branca contrastando com a saia marrom.
    O filho Pretextato, quando não caía doente, fazia-se rebelde. Aguardava o pai na estação de trem vestindo chapéu palhinha tombado para o lado direito da cabeça, paletó preto fechado e camisa branca. O Galinha e sua Captura tinham prendido Quintino Hortencio, criminoso brabo que aprontara das suas e se bandeara para Campos Novos do Paranapanema. Gambé tinha dado baixa da Força Pública, como sargento, por invalidez. Levara o Caçula com ele, fizera do menino um Correto. Tenente Galinha não prestara queixa

contra o Cabra Rachado, nem o contrário ocorrera. Policial que já viveu a rua não confia em justiça do sistema. Mais fácil trombarem-se um dia em qualquer beco escuro. Aí, a sorte seria do mais ligeiro ou de quem viesse por trás. Quem será que andava escrevendo os ofícios do Galinha no lugar de Gambé... Isidoro?

No reencontro com Benedita, o Tenente até estranhou: a mulher estava calma, sorridente, não procurava implicar com qualquer mísero detalhe. Ela, que desprezava encostar a barriga no fogão a lenha, preparara um jantar com três pratos, mais aquela sobremesa deliciosa de goiabas cozidas lentamente em fogo libidinoso com açúcar de cana e servida abraçada com um naco de queijo fresco mineiro. O romantismo esculpe-se nos detalhes. De noitinha deitou-se com o Tenente Galinha sem arranjar desculpas. Israel era quem estava sumido. Ingrato.

Já tinha passado das dez da noite quando Galinha deixou a praça Antônio Prado, no centro. Estivera papeando com os camaradas, contara histórias da captura de Quintino, lembrara da coça bem dada nos roma, inventara uma invencível armada para Severino Bom de Tiro, lambera os beiços ao pensar em Claudete. Era 22 de abril, dia do descobrimento, fazia dezenove graus e a garoa caía fina. O carteado corria, Galinha bebia, xingava, perdia, mas não pagava.

"O tal do Quintino tinha aprontado tranqueira lá em Jaú. Daí se bandeou para Campos Novos de Paranapanema. Canaia! Saí descendo rabo de tatu em tudo quanto era vagabundo até que entregaram o safado. Tava entocaiado num cerrado ali perto, com a carabina carregada. A negada cercou ele, e fiquei enrolando o bandido. Quando ele viu, Isidoro chegou por trás e o capotou na pancada."

Às onze da noite, Galinha estava na rua Ana Nery, nº 14, sua casa. Ali, na Mooca, ele não tinha inimigos declarados. Piadista; mexia com todos os comerciantes do caminho, jogava capoeira, comentava o tempo. Os vizinhos o saudavam como herói. A exceção era uma meia dúzia de anarquistas italianos que não simpatizavam com polícia alguma no mundo. Eram um milhão os italianos no país já, a maioria na capital do estado, principalmente nos bairros operários do Brás, Bom Retiro, Bexiga e Mooca. Da Itália, Galinha gostava das palhas doces que vendiam em seu bairro e só. Ouvira, naquela noite, alguns carcamanos comentando sobre o jornal *A Lanterna* e um alemão agitador, tal de Edgard, que admiravam tal qual apóstolo pregador de verdades. Bom ficar de olho nos libertários, Galinha sabia. Já tinham aprontado greve grande, iriam fazê-lo de novo. Logo isso viraria trabalho da Captura. "Nego, bugre, anarquista, cigano… Nesse país tudo muda pra ficá igual." Galinha conhecia seu lugar na roda do mundo e sua função naquela pirâmide quatrocentona. "Cão de caça dorme de barriga cheia e com telhado a lhe proteger da chuva." Para o Tenente bastava.

Bocejou quando entrou em casa. Os olhos como que com areia, a cabeça latejante, o corpanzil pedindo a horizontal. Sono raro fazia-lhe visita. Benedita dormia, naquela noite, no quarto de Pretextato. "Eita, filho frouxo!". Tirou as botas, lavou o rosto, jogou-se na cama e capotou. Limpava o sertão, isso era fato. O secretário da Justiça e Segurança Pública, doutor Sampaio Vidal, o havia elogiado pessoalmente. Saíra de Rio Claro por mérito próprio, tinha pouca instrução. Os coronéis e os políticos eram agradecidos por seu trabalho no interior. Pretextato tinha lhe dito orgulhoso que vira uma apresentação no circo em que Galinha derrubava dez bandidos com um único revólver. Os olhos quase fechando. "Será que morrer é fácil que nem dormir? Quando vai ver, já foi." Não gostava quando as memórias da Captura voltavam à cabeça. Vivia o presente e olvidava o passado. Pensou no Quintino, que entregou preso para o secretário. Pescou. Acordou com o próprio ronco. Tinha esquecido de rezar, mas o sono era tanto... Devia pensar na política, vida de polícia não dura pra sempre.

A modorra viera sorrateira quando dois vultos entraram no escuro pela porta dos fundos, que ficara destrancada. Pretextato perguntou à Benedita:

"Tem gente aí, mãe. Quem será?"

"Fica quieto. Não tem ninguém, não."

Adentraram o quarto do Galinha, ocupado por móveis simples de madeira, algumas medalhas e uma imagem de Cristo Jesus acima do leito. Rápida troca de gestos e olhares, cada um de um lado da cama, apontaram as armas perto do rosto bigodudo do Tenente. Silêncio ensurdecia. Dispararam. Galinha gemeu, tentou se sentar, despertou. Os olhos revirando descontrolados. Pôs a mão direita na mesa de cabeceira, o reflexo levando-o a querer alcançar o Smith & Wesson.

"Mãe, que será isso?"

"Não é nada, Pretextato, tão fazendo com seu pai o que ele já fez com muita gente."

O segundo tiro levou Galinha deste mundo. Os quatro que se seguiram foram maldade para dar trabalho ao necromaquiador. Quando ouviram a arma falar de novo, Benedita e Pretextato dispararam em busca de alguma ajuda no quartel de polícia que ficava ali perto.

O lençol branco, comprado nas Lojas Pernambucanas da praça da Sé, manchado de sangue. O corpo espadaúdo do Tenente pendendo para o lado direito da cama, enquanto os assassinos reviravam gavetas de pinho. Levaram mil réis para disfarçar a intenção e partiram por onde haviam entrado.

Foi assim, longe do sertão e da bandidagem, na tranquilidade do lar, que a coisa se deu. Não existia mais o Caçador de Homens. Em cada quebrada deste interior, uma viúva benzia-se aliviada. Gambé queria muito ter estado lá naquela noite, mas só foi ler os detalhes da morte nos jornais, tempos depois. Andava de batina agora. Se isolara um bom tempo, rezara muito, lera um tanto. Dedicara-se a ensinar ao Caçula tudo o que nunca pôde compreender. Alegrava-se de ver o mais novo seguindo passos distantes dos seus. O menino seria advogado e ele sacerdote. Nunca tinha conseguido crer em Deus, mas o nada lhe esmagava. Afora isso, precisava de alguma função no mundo, e a ideia de ilhar-se num mosteiro onde pudesse educar o menino, excluindo-se da maldade do universo e podendo retomar os estudos lhe parecia o paraíso terreno. A vida seria Caçula, o latim, santo Agostinho e Tomás de Aquino. Depois, decidiu voltar a Desamparo, ver se podia fazer qualquer coisa por Claudete e Carlão Vaca Louca. Não tirava Cuiabano da cabeça, a vida não havia sido honesta com o companheiro, que não conseguira concretizar a justa vingança merecida. Os capuchinhos, vestidos com seus trapos marrons, receberam Caçula como seminarista e Gambé como irmão. Achavam que podiam preencher sua metade morta com fé. Mas Gambé era um cabra que seguia estilhaçado.

A Força Pública em rebuliço com a morte do líder, Galinha. O primeiro a abrir o bico foi Pretextato. Longe da mãe, amofinava-se, esfregava insistentemente os olhos. Disse que Benedita lhe mandara ficar quieto, não contar nada à polícia e que Israel, o amigo de Galinha, estivera na casa. Ouvira a voz de outro amigo dele no dia do assassinato. Este nem precisou apanhar muito para confessar o crime e a participação de Israel.

"Eu amava Benedita mais do que tudo. Todo mundo sabia disso. O Galinha fazia muito mal pra ela."

Apesar do romantismo de Israel, disseram que o casal de amantes tinha planejado a coisa havia tempos, que se interessavam pelo seguro do Tenente Galinha, algo como doze contos de réis. Benedita fora a cabeça de tudo; Números 35,19. Galinha trouxera Israel de Barretos, recebera-o em sua casa, havia lhe arrumado trabalho. A vida é gozada. O Tenente sobreviveu a tanto bandido, ao Cuiabano, ao chumbo do Bom de Tiro. Fez tanta desgraceira... pra morrer na cama, corno, assassinado pelo amante da mulher. Como era mesmo que o Promotor dizia? "Ao Brasil falta pretensão para a épica."

O enterro cheio: repórteres, políticos, oficiais e soldados da Força Pública. Uma multidão seguiu o caixão para o cemitério do Araçá. O pequeno homenzinho maneta, de um metro de altura, a esforçar-se para apanhar uma das alças era o Promotor? O tal que encolheu até sumir do mapa? Gambé e Caçula rezaram ao Galinha o Salmo 51, isolados. Israel foi preso e condenado. Depois recebeu indulto e virou dono de bar na avenida São João. Pretextato, ralo, não sobreviveu muito mais que o Galinha. Pobre-diabo.

Benedita teve outra filha, forte e gorda, na cadeia, em agosto.

CADERNO SEM PARIDADE
[1945]

16. ∞

    A quarta e última vez em que Gambé emocionou-se na vida foi quando Caçula se formou em direito. Caçula, àquela altura, já não carregava a vaquinha que Cuiabano esculpira, a tinha enterrado no caminho, quando deixara Desamparo. Era o único ali, na Faculdade de Direito do largo de São Francisco, que tinha a cor do talvez, como o homem partido a quem chamava de pai. Era o primeiro da família Correto a tirar diploma. Depois sucedeu-se a vida, ficaram um tempo afastados. Caçula tinha arrumado os dentes, constituído família, viajara ao estrangeiro. O "r" retroflexo lhe facilitou aprender o inglês que Gambé nunca dominou e chamava de língua de corsário. Trocavam cartas, pensamentos gentis e recordavam-se um do outro em seus diários pessoais. Pouco viam-se, no entanto. O círculo social de Caçula não era pouso para um frade, estropiado e descrente.
    Houve a vez, no entanto, em que Gambé pediu que o

filho o acompanhasse a um encontro. Garimparam Benedita já idosa, pouco antes de morrer, no ano em que a Segunda Guerra Mundial acabou. A viúva de Galinha viera terminar seus dias no asilo em que Gambé trabalhava buscando qualquer sentido para sua existência. Fora procurada pelo repórter Adherbal de Oliveira Figueiredo para quem Gambé entregara suas memórias. O jornalista queria registrar os crimes e façanhas da Captura do Tenente Galinha. Benedita estava seca, a boca torta, as mãos como duas raízes de árvore. Mas os olhos, ah, os olhos eram formidáveis. Dois olhos negros e vivos de quem nunca tinha se conformado com o morno na vida. Gambé lembrou do Cuiabano, de seus pais, Mariana e Prudencio, e tremeu. Ainda tinha o velho sapatinho de pano dos ciganos como escapulário. Cacarecos. Acumulava rugas e tremores, mas não tinha aprendido nada. Será que alguém aprende? Decorava sofismas, mas seguia sendo deserto de originalidade. Aquela mulher, aquela, sim, tinha feito algo. Os olhos dela não carregavam no cristalino o fracasso na velhice.

"Gambé, que te fizeram?"

"Gambé morreu faz tempo, Benedita. Há muito me chamam Cabra Rachado."

"Isso lá é nome de frade?"

"Benedita... mecê mandou matar o Galinha mesmo? Mecê..."

"Sim?"

"Obrigado."

Benedita longe, a boca torta, olhos mirando através dos buracos do policial rachado, ignorando quem quer que fosse o Caçula que acompanhava Gambé calado; o terno de linho ajustado, os sapatos engraxados. Nas mãos dela, tatuadas pelo tempo, pintinhas marrons sobre seus vales retorcidos. Olhos vivos, raridade em eras mortas, enxergavam o que ele nunca dissera. Uma criatura magnífica.

Gambé era um frade, lhe tomaria a confissão? Sororoca profunda; poderia preencher o vazio de Gambé com seus segredos. O Galinha nunca a enxergara, míope de tudo. Via a vida em vultos. Só queria saber era do medo da traição, da traição, da traição e não focava no que Benedita sentia, nos sofrimentos da alma, no real que explodia na cara dele. Tudo eram suas vontades e os obstáculos que as atrapalhavam. Galinha dizia-se valente, mas era cagão. Dormia mal, tinha sonhos ruins. Lembrava sempre daquela vez quando fora para Jaboticabal em diligência. Na primeira cidade que parou, flagrou Benedita com um amigo dele, sargento da Força Pública, sujeito que gostava de ouvi-la. Foi um rebosteio! Benedita tinha recém descoberto que não estava morta, que algo nela pulsava ainda, queria ficar ali, mas Galinha não teve coragem de matá-la, nem de levá-la de volta ele mesmo.

"Medo nunca não tive. Quem não tá viva não pode ser morta. Guspi na cara do hómi todos os dias que pude. Desesperada, garrei uma garrucha e dei com ela no ouvido. Porqueirada! Destino ingrato fez a bala num entrar. Fiquei com esse sinal no rosto; mancha de Caim. Achava que o Coisa-Ruim ia desencantar de mim. Há quem diga que alguma vida é boa... Pra muié? Só se não cair no conto de casar com hómi. Credo!"

A vida é o que é. Não há muito mistério, adianto. Se acaso houvesse o extraordinário para aprender, aprendido já estaria. É a gente que planta as pimentas pelo prazer de queimar a boca. Não há lágrima de cristal que não seja traquinagem com vidro e fé alheia. O que conta são as obviedades que os homens insistem em não entender. Mire os animais e as plantas, está tudo lá. Mastigadinho. A vida boa, danada mesmo, é gozo relampejado em um encontro de duas metades, parceria de alma. Kairu e Kamé, como ensinava Tião Ioty. Quem disso não prova, vive seco tal graveto; acumular de areia em praia sem mar.

Gambé seguiu muitos anos com nojo de si, bicho fendido, tristeza que anda. Tinha nojo daquela massa morta que marchava atropelando tudo que era aceso por dentro. Aquele humor cinzento, trovejante, que quando vê pássaro reclama do barulho e quando sente a chuva reclama do barro que vai se formar. Achou que era parte daquilo e daquilo não se livraria. Galinha não queria ser muito ruim, nem queria ser muito bom, dizia que era pelo certo, pelo justo, pela lei, que era o neutro. Neutro... Era por ele, sempre foi. Um rei cego que arranca os olhos dos filhos dizendo que é mais seguro não enxergar.

Gambé, de fato, nunca rezara pela bíblia do Tenente, sabia que alguma cor havia. Mesmo quando mais solitário, guardara uma cançãozinha no ouvido para não enlouquecer, um piado de sua infância, escondido num bauzinho na memória, traquitana de menino. Aquilo lhe acendia mesmo quando achava que eram tempos sem chance. Dentro dele, Galinha nunca mandou. Dentro da gente é um oratório santo, onde esse bolor que suja o mundo não pega. Entre tamanhas dúvidas, uma certeza: Gambé não se entregara. Ouvir Benedita e olhar para o Caçula, homem-feito, o convencia disso.

Houve até quem percebesse esse pulsar irradiando de seu olho bom; Cuiabano. Sentira, ali, alguma possibilidade, sonhara algo que ainda não nascera, qualquer bálsamo. A felicidade terrena havia gracejado para ele de maneira torta. Pois, então, disse sim pro mistério que a vida lhe entregara. Disse sim, vamos viver a possibilidade das brechas. E, sim, vamos seguir juntos nessas brechas, e, sim, Cuiabano, vamos viver o que há pra ser vivido aqui e agora porque o resto é vazio, é vácuo, é absurdo... espaço. E espaço é para ser preenchido não com nãos, não com nunca, não com nada, mas com essa improvável e inevitável esperança — perecível — do sim.

Salve

Eu agradeço a
Tony Marlon, Fernando Baldraia e Ricardo Teperman, parteiros deste novilho,
Caetano Vasconcelos, mensageiro de boas novas.
Meus pais, Jáder e Cecilia, que me ensinaram a amar a História e suas estórias e
Minha família Di Giacomo Rocha, Karin, Benjamin, Violeta, Gabriel, Camila, Vicente, Marina, João, Dhario, Laurinha, todos os tios, tias e primos, Josemir Correto da Rocha e a saudosa Hermínia.
Molecada dos coletivos: data_labe, Énois, Em Movimento, Mídia Livre, Umesp,
Gilvan, Marcão, Praga de Mãe e todos os caipiras punks,
Tatu e os dias na Fazenda Santa Helena.
Sérgio Costa, Mariana Simoni, Gabriel Philipson e a turma de Berlim.

Bravo, Tiago e banda Bedibê.

Alexandre Ribeiro, Marcelo Nocelli, Edu Lacerda e os que abriram caminhos pros meus livros.

Revista *Colenda*, revista *Dante Cultural*, Leonardo Tonus e Primavera Literária, Parataxe — Berlim, Rodrigo Novaes de Almeida (in memoriam), Christiane Angelotti e *Revista Gueto*, que publicaram os primeiros trechos deste romance.

Guimarães Rosa, Mano Brown,

E à pequena Vila São João, Penápolis — raiz.

1, 3, 4, 5, 6, 8, 9, 13, 14.

Nota do autor

Os cadernos que serviram de base ao peculiar manuscrito que você acaba de ler foram encontrados em minha pesquisa para a obra *Desamparo*, iniciada por volta de 2015 com a carta mediúnica recebida do finado Carmino Augusto Fontebasso e incluída no Apêndice do meu romance de estreia.

Os três conjuntos de escritos estavam espalhados entre os pertences do falecido repórter paulista A. F., que investigou a Captura do Tenente Galinha incessantemente valendo-se da memória dos antigos moradores do interior do estado de São Paulo, dos arquivos da Força Pública e de todos os registros oficiais cabíveis. A. F. teria se apoderado dos cadernos do policial — chamado ora Gambá ora Gambé (grafia pela qual optamos) — após contato com seu filho adotivo, o advogado C. Correto. Fiel aos apontamentos deixados pelo filho, reorganizei os cadernos de Gambé por ordem cronológica.

É notório, no entanto, que Cabra Rachado idealizara a leitura de suas memórias pela sequência numérica que escolheu como assinatura em seus dias finais: 1, 3, 4, 5, 6, 8, 9, 13, 14. Ou seja, a narrativa ideal de sua própria vida, para Gambé, deveria respeitar — apenas e só apenas — a ordem estilhaçada dos capítulos a seguir:

1. Soma de zeros
3. Um índio
4. Mais um novato
5. Cacete infinito
6. Trinta ciganos
8. Quatro moídos
9. Vinte e duas freiras + um santo
13. Oitenta e cinco
14. Nenhuma chance

Tal leitura direta e intensa deverá ser feita com cuidado por leitores e leitoras desapegados de lirismo e de sensibilidades aguçadas. Posto aos interessados que este é um livro rachado em duas possibilidades de leitura, prossigo com uma breve justificativa de minhas "liberdades criativas" ao reconstituir a unidade desta vida curiosa.

Devido às lacunas no material arqueológico fui obrigado a preencher espaços em branco deste romance com falas reais do Tenente Galinha histórico, colhidas pelo jornalista Adherbal de Oliveira Figueiredo no livro *Tenente Galinha — Eu sou a lei!*, e em sua série de reportagens para o *Diário da Noite*, publicadas em 1949. Alguma informação adicional veio das tortuosas linhas da revista militar *Militia*, de exemplares carcomidos do *Estado de S. Paulo*, e de livros e artigos de Antonio Candido, Amadeu Amaral, Carlos Alberto Dória, Marcelo Corrêa Bastos, Monteiro Lobato, Fausto Ribeiro de Barros, Orentino Martins, Marcos Rodrigues e Roberto Pompeu de Toledo. Quando não havia outra possibilidade, fiz uso de minha minguada imaginação para dar cor e vida aos eventos verídicos aqui registrados.

Referências aos cadernos manuscritos que teriam sido produzidos pelo Gambé/Cabra Rachado histórico são encontradas na parca literatura sobre a cultura caipira e o desbravamento do Oeste Paulista. H. Amado considera que a saga aqui narrada é um esboço ficcional do jornalista penapolense Lico Rocha, romancista frustrado, e incompatível com a capacidade intelectual de um bandoleiro como teria sido Gambé. Oswaldo Candido, centenário intelectual e professor da Universidade de São Paulo, classifica, em seus escritos póstumos, o presente material como "Evangelho apócrifo dos apóstolos do Tenente Galinha" e representante da "mais fina prosa caipira que o século xx encontrou".

Florentino M., professor amador e historiador ocasional, é o maior entusiasta da pena do Gambé, ou seja lá quem tenha sido o frade-policial-poeta-matemático-mutilado que transformou sua desgraça pessoal numa "Odisseia macabra de matutos, capitaneada por um Dom Quixote partido ao meio e um Sancho Pança andrógino". Complementa Florentino M. em suas inéditas obras completas sobre a colonização do noroeste do estado:

> Quem quer entender esse açougue de carnes pigmentadas em que o Brasil se tornou, esse velho oeste capiau, esse gigante natimorto, não pode ignorar uma figura como Tenente Galinha. O Tenente foi funcionário do Estado, condecorado e idolatrado por matar ladrões de galinhas e desgraçar virgens, enquanto mantinha o povo manso e longe de rebeldias. O Batalhão de Caçadores Tobias de Aguiar, onde ele e seus homens serviram, deu origem à ROTA (Rondas Ostensivas Tobias de Aguiar), que até hoje segue caminhos similares.
>
> Sua íntima relação com políticos e comandantes da Força Pública, sintonizada com participação em pequenos esquemas de corrupção, e antecedida por um histórico de prisões e deserções em seus tempos de soldado e sargento, nos fazem recordar do obscuro líder da nação eleito pelos brasileiros no final da década de 2010.

Apesar de toda a euforia, encontrada na fortuna crítica do manuscrito original, em comparar este texto à realidade política e social do país hoje, o redator desta narrativa atualizada acredita que a honesta leitora e o honesto leitor — meus iguais, meu irmãos — que ainda assim suspeitarem da autenticidade da travessia aqui descrita, não sofrerão prejuízo algum a seus humores e valores ao ler o ocorrido como uma fábula.

Fábula possuidora não de moral final única, mas múltipla.

F. G. R.
Desamparo, agosto de 2019 —
agosto de 2022 — agosto de 2023

ESTA OBRA FOI COMPOSTA PELO ACQUA ESTÚDIO EM MERIDIEN
E IMPRESSA EM OFSETE PELA GRÁFICA PAYM SOBRE PAPEL PÓLEN NATURAL
DA SUZANO S.A. PARA A EDITORA SCHWARCZ EM AGOSTO DE 2023

A marca FSC® é a garantia de que a madeira utilizada na fabricação do papel deste livro provém de florestas que foram gerenciadas de maneira ambientalmente correta, socialmente justa e economicamente viável, além de outras fontes de origem controlada.